純情アクマとひつじくん

CROSS NOVELS

秀 香穂里
NOVEL:Kaori Shu

yoshi
ILLUST:yoshi

CROSS NOVELS

CONTENTS

CROSS NOVELS

CONTENTS

KAORI ♥ SHU

純情アクマとひつじくん

秀香穂里

Illust yoshi

CROSS NOVELS

ひつじと俺のはじまり

「なぎちゃぁん……」

むにっとした腕と足が身体に絡みついてきて、「……あっつい」とぼやきながら温かい塊《かたまり》を引き剝《は》がそうとするのだが、むにゃむにゃ言う子どもはなにやら楽しい夢の中で、しっかりと俺に抱きついたままだ。

四月終わりの夜。今夜は比較的過ごしやすい夜で軽めの布団だけをかけているが、三歳児の体温は高い。黄色の半袖《はんそで》半ズボンのパジャマの大野羊介《おおのようすけ》――「ひつじくんってよんでね」と出会ったときから押せ押せのこの子どもは臍《へそ》丸出しですうすうと寝ている。

まだ二十二時前で俺は買ったばかりの小説を読んでいる途中だ。隣で眠るひつじのために一応枕元のランプの光量は調整している。ふっくらした腹剝《む》き出しのひつじを横目で見て舌打ちし、ぞんざいにパジャマの裾《すそ》を引っ張って布団をかけ直す。

「んー……」

すぐにバサッと布団を蹴飛ばされた。なんだってんだ、こっちは大事な読書中だぞ。やわらかい額《ひたい》を手のひらで押し返そうとするのだけれど、逆にぐいぐいと押し寄せてきて、いまじゃ全身でしっかり抱きつかれている。

「……抱き枕かよ俺は」

ため息をつき、とりあえず腹にだけは布団をかけた。窓を開けてもいいが、まだこの時期の夜の空気は冷たい。

季節の変わり目、冷えた風が入るとひつじが翌朝決まって咳《せき》をしているのを何度か見かけたので、それなりに過ごせる時期まではちゃんと閉じておいたほうがいい。

ここは俺——凪原俊介《なぎはらしゅんすけ》の行きつけのカフェ、「ひつじカフェ」の二階にある住居部分だ。中野《なかの》の駅から少し離れた路地にあるちいさなカフェで、地元に根ざす人気劇団「北極星《ほっきょくせい》」のスター役者である俺にとっては結構いい息抜きの場所になっていた。ランチタイムは多くの客で賑わうのだけれど、夕方以降は落ち着いて過ごせる。稽古前に寄ってアイスコーヒーを頼んだり、ちょっとした軽食をつまんだりするのに最適だ。

で、なんでその人気役者の俺が三歳児に抱きつかれているかというと、だ。

俺はひつじカフェとは線路を挟んで反対側にあるアパートに住んでいて、駅のこっちに来るのはときどきだった。アパートはワンルーム。バストイレ一緒というありふれた空間なんだが、北《ほっ》海道《かいどう》育ちの俺としてはたまに足を伸ばしてゆっくり風呂に浸かりたい。というわけで、ひつじカフェからほど近いところにある「梅《うめ》の湯《ゆ》」という銭湯へたまに来るようにしていた。

昨年の八月半ばのことだった。いつものように稽古を終えてひと汗流すかと久しぶりに梅の湯に来たところ、春先に同じ劇団に移籍してきた成宮陽斗《なるみやはると》とばったり出くわした。そこに、このひつじとカフェのオーナー兼シェフである大野賢一郎《けんいちろう》さんも来ていて、なし崩しに知り合いになったというわけだ。ちなみに陽斗と賢一郎さんは恋仲で、ひつじとの関係も良好だ。

「んーん……なぎちゃぁん……もうたべらんない……」

どういう夢を見てるんだか知らないが、ひつじがころんと寝返りを打って背中を向ける。子どもらしいちいさくて丸い頭、むくむくした身体を見ていると自然と苦笑いしてしまう。

あのとき梅の湯の脱衣所で陽斗とぽつぽつ話しながら服を脱いでいたら、いきなり、ぽすんと足に温かい塊が突っ込んできた。

『おにいちゃん、あしながーい』

なんだ？　なんだこれ？　いったいなにが起きてるんだかわからなくて足元を見ると、なんかちっちゃい奴が俺の足にしがみついていた。そして俺の顔をまじまじと見上げ、『すっごくきれい』とうっとりしたのだ。

ああ？　綺麗？　俺が？

ハッ、生意気だ、ちびのくせに。俺が綺麗なのは百万年前から決まっていることなんだよ。鼻を鳴らしてしっしっと追い払おうとしたのに、ちびはしつこくまとわりついてきて、風呂に駆け込む俺を追いかけてきて風呂の中で堂々と俺の膝《ひざ》に座ってきたのだ。挙げ句、

『なぎちゃんってよんであげるね！』

そう宣言した。

もちもちしたぬいぐるみみたいなのをどうしていいかわからず、一度はぽいっと隣に放り出したのだが、まだ相手は幼い子どもだ。風呂の中では足を着けることができず、あわやぶくぶくと溺れそうになっているのを見て、慌《あわ》てて膝の上に抱き上げてしまったのがいけなかったのかもしれない。

とんでもない成り行きに目を丸くしていた陽斗たちに怒って、ちび助を押しつければよかったのに。

俺の膝に安定したことにほっとしたのか、ちび助は身体の向きを変えて正面から抱きついてきて、『ね、ね、なぎちゃんもたべる？……ひつじくんおいしいよ？』とにこにこしてきた。

誰が。ラム肉は苦手だし、なんだよひつじって。もこもこかよ。

なのにひつじは結構頑固で、風呂を出たあともちょこまか俺を追ってきて、賢一郎さんたちと一緒に、『おみせにきて』とねだったのだ。

ひつじカフェ。その名は何度か聞いたことがあったが、アパートから離れていたので、行ったことは一度もなかった。

『うちのひつじが迷惑をかけてすみません。お詫《わ》びに夜パフェでもいかがですか』

『ひつじカフェのパフェ、最高ですよ』

まだ生意気だなという印象が残る陽斗はともかく、大人の男である賢一郎さんの穏やかな誘いをすげなくはねつけるのもさすがにどうかなと思ったので、『まあ、いいか……』とついていった。

『けんちゃんのぱふぇおいしいよ～。ひつじくんもだいすき』

にこーっとバターが蕩けるような笑顔で、カフェでひつじは俺にずっと寄りかかって足をぶらぶらさせていた。なにがそんなに楽しいんだおまえは。出会ったばかりだろうが。

そんなこんなの日々を重ね、無事に舞台の幕は上がり、俺はスタッフや陽斗たちに助けられながらオートバイとの接触事故で折れた左腕をカバーしつつ、堂々と主演として板に上がった。もちろん、初日から千秋楽《せんしゅうらく》までぶっ通しの立ち見客が出るぐらいの大人気を博し、劇場ロビーに置かれたアンケートボックスは再演を熱望する声が書かれた用紙で連日一杯になったものだ。

そして迎えた新しい春。

そういう流れがあったからというわけではないが、俺はあれ以来、なんとなくひつじカフェに寄るようになった。パフェやパンケーキといった女の胃袋どころか、美味しい豚の生姜《しょうが》焼きやハンバーグ、カレーにシチューといった男の胃袋をもがっつり鷲掴《わしづか》みにする賢一郎さんのメニューもかなり魅力的だったし、なにより、彼の作るガパオライスは絶品だからだ。

甘いものもいいが、俺は断然辛党だ。それも青唐辛子《あおとうがらし》系の辛さが大好きなので、初めて賢一郎さんの作るガパオライスをいただいたときは、そのあまりの美味しさに思わずがっついてしまい、はしたなくもお代わりを所望《しょもう》してしまったぐらいだ。いつもボディラインを保つために腹八分目以下と決めているのに、賢一郎さんの手料理はヤバい。

陽斗もめきめきと実力を上げてきて、持ち前の明るさと粘り強さで「北極星」に馴染み始めていた。俺と親しい劇団員たちは最初不審そうな顔をモロ出しにしていたが、怪我の一件、そして舞台で俺の親友役を見事に演じたことで、陽斗への態度も少しずつ変わっていっている。

俺自身、そうかもしれない。劇団とひつじカフェで顔を合わせているうちに、成宮、から、陽斗、と自然と呼ぶようになった。

「……うん……なぎ、ちゃん……？　まだねないの……？」

ころっとこっち側に転がってきた子豚、もといひつじが眠そうに瞼《まぶた》を擦《こす》り、いもむしみたいにうごうごと身体を擦り付けてくる。

「まだ。もうちょっと本を読んでる」

「ねんねしようよ……あしたおきらんないよ……」

ごもっとも。

今日は夕ご飯をごちそうになった代わりに、ひつじに絵本を読んでやり、ついでに寝かしつけを手伝っていたらずいぶんと長居をしてしまった。このちびが熟睡したらそっと抜け出そうとしているのに、それを察しているのか、今日のひつじはうとうとしたかと思ったらたまにこうして目を覚まして俺を引き留める。

「ねえ……ねえ、なぎちゃん……ひつじくんとねんねしようよ……」

「いいからおまえだけで寝ろ」

「だってぇ……ひつじくんがねたら……なぎちゃんいなくなりそうなんだもん。やだ」

ずばりと鋭いことを言われて言葉に詰まる。急いで読まなくてはいけない本ではないのでパタンと伏せ、横向きになり、片手で頬杖《ほおづえ》をついてもう片方の手でひつじの頭をわしゃわしゃと撫でる。

「いいから寝ろって。ちび助はもう寝る時間だぞ」

「ちびじゃないもん、ひつじくんだもん」

何度繰り返されたかわからないやりとりに噴き出してしまう。

幼くても、自我というのはきちんと芽生えているようだ。

よしよし、それでこそ男だ。だから俺にひっつかないでちゃんと一人で寝ろよと言うのだが、ひつじは「やだやだ」とかえってぐりぐりしがみついてきて、しまいには横向きになった俺の胸に顔を埋めてくる。

心臓に当たる場所に額を押しつけてきて、まるで赤ん坊みたいに身体を丸めるひつじ。

「なぎちゃん、あったかいね……」

「まあな」

しょっちゅう会っているからあまり気にしたことはなかったが、ひつじはまだ三歳だ。この世に生を受けてまだたったの三年しか過ごしていないのだ。たぶん、このカフェによく遊びに来る隣の家の猫のほうがこいつより大人だ。

赤い首輪を巻いた黒猫を、ちびはたいそう気に入っていた。ちりちりと鈴の音が聞こえるとカフェからだっと飛び出し、「ねこちゃーん」と呼びかけながらおいでおいでをしている場面を見かけることがあった。

猫は、子どもがはしゃぐ声や体温の高さを警戒すると聞いたことがあるのだが、隣の猫はもうずいぶんと大人なのか、ひつじの声を聞くとにゃあんと細く鳴いて近寄ってくる。そして、ぷくぷくした手で背中を撫でられるのを喜び、そのうち腹を出してごろんと横たわる。

くつろいだ様子に、賢一郎さんも陽斗も、もちろんたまたま居合わせた俺も一緒になって笑ってしまったっけ。ひつじからは猫をもリラックスさせるアルファ波が出ているんだろうか。

その手はいまぎゅっと丸く握られ、ひつじの顎《あご》の下にあてがわれている。ほんとうに赤ん坊みたいだ。

「なんだ、ちび。赤ちゃん返りか」

「……ちがうもん。ねむいだけだもん」

「だったらつべこべ言わずに寝ろ。そしたら俺も……」

「かえっちゃやだ」

頑として譲らないひつじが恨《うら》めしそうにじいっと見上げてくるので、仕方なく俺もため息をつき、「ハイハイ」とちいさな背中を適当に撫でてやった。陽斗とは違って子どものあやし方なんか知らないし、あえて知ろうとも思わないから、わりとぞんざいだ。

「もっとちゃんとなでて」

「おまえ、我《わ》が儘《まま》だな」

むっとしたいのか噴き出したいのか自分でもよくわからないが、前よりはいくぶんかやさしい手つきで背中を撫でてやる。ついでにすべすべした髪も。

「きもちいい……なぎちゃん、ずっと……ひつじくんといてね……」

いまにもゴロゴロと喉《のど》を鳴らしそうなひつじは心地《ここち》好さげに俺の胸に顔を擦り付け、ついに眠気に負けたのか、すう、と寝息を立てて眠りに引き込まれていく。

まったく、おまえはたいした奴だよちび助。

おまえは三歳で俺は花の二十七歳だぞ。

……いつまで一緒にいりゃいいんだよ。


「ああ、凪原くんいらっしゃい」

「こんにちは。今日まだランチやってます?」

「やってるやってる。今日は豚の生姜焼きが美味しいんだけど、どうかな」

「じゃあ、それでお願いします」

春らしい陽気が続くある日、俺は早朝からジムで汗を流したあと溜まっていた洗濯物を片付け、部屋をざっと掃除してからひつじカフェにやってきた。途中、本屋に寄って気になっていたミステリー小説の新刊を買い求めたので、ここでランチがてら読もうと思ったのだ。

「なぎちゃーん！　きてたの！」

キッチン脇にある二階に続く階段からぴょこんとひつじが顔を出し、たたっと下りてくる。

「なんだちび、今日は保育園じゃないのか」

「今日はちょっと朝方くしゃみが止まらなかったから園をお休みしたんだ。でも、休みとなったらけろっと治ってしまって」

ふふっと笑う賢一郎さんにじゃれついたあと、カウンターの跳ね戸を上げてもらったひつじは嬉しそうに隣に立ち、じっと見上げておもむろに両手を上げる。

それがなにを求めている仕草かもういい加減わかっているので、はああ、とわざとらしくため息をついた俺はひつじを抱き上げ、隣の椅子《いす》に腰掛けさせてやった。

「ありがと、なぎちゃん」

「ごめんね、いつも」

申し訳なさそうにしている賢一郎さんには「いいえ」とちょっと微笑み、ひつじの額をぴんとひと差し指で弾く。

「くしゃみ、大丈夫なのかよ。ずる休みか」

「ちがうよ。ほんとにあさ、くしゃんてしてたもん」

「この子、季節の変わり目に弱いんだよ。普段はめちゃくちゃ頑丈なんだけど、春から夏になる頃とか、秋から冬に入り始める頃には結構鼻水やくしゃみが出てしまうんだ」

「ああ、もしかして季節アレルギーですかね」

「あえ……、あれるぎー、ってなに？」

「春や秋に花粉が飛んで、おまえの鼻や喉をイガイガするんだ。だから、くしゃみや鼻水が止まらなくなったりする」

「はなでてないもん」

「朝、ちーんてしてただろ」

賢一郎さんに言われてうっすら頬を赤くしているひつじにも羞恥心《しゅうちしん》はあるらしい。むっとくちびるを尖《とが》らせて、賢一郎さんから差し出された黄色のプラスティックカップに口をつけ、ふうふう冷ましている。

「なに飲んでるんだ」

たった三歳にああだこうだ気を遣わせるのはさすがに大人げないので、さりげなく肩をぶつけて話しかける。

「……ぎゅうにゅう。あったかいの」

「温かいやつ美味しいよな。俺もたまに飲む」

「ほんと？　あのね、ひつじくん、ぎゅうにゅうがいちばんすき」

　ころっと機嫌を直すところがまだまだ幼い。噴き出しそうなのを堪《こら》えていると、「あれ？」と業務用冷蔵庫をのぞいていた賢一郎さんが声を上げる。

「あちゃー、いまので牛乳が最後だったか。ストック切れてた。急いで買いに行かないと」

　店内を見回すと、まだ二組客が残っている。彼らが牛乳を使ったメニューを絶対に頼まないというわけでもないだろう。だったら。

「俺が買いに行ってきますよ。スーパー、近くでしょう」

「え、いやいや俺が行くよ。シュッと。ほんとにシュッと」

「でもお客さんいるじゃないですか。オーナーがいないのは困るんじゃ？　それに俺のランチはまだでしょう。帰ってきた頃に食べられればオーケーなんで」

　ここから表通りに出て斜めに突っ切ればスーパーがある。そこで数本牛乳パックを買ってくるぐらいなんてことはない。いつも賢一郎さんにはデザートのおまけをしてもらっているし。

「気にしないでください」

　あまり負担に思わせたくないのですっと立つと、「悪いなぁ」と賢一郎さんが眉尻《まゆじり》を下げる。

「じゃあ、お願いしてもいいかな？　牛乳パックをとりあえず三本。レシートももらってきてくれな。あとで精算するから」

「はい」

「ひつじくんもいく！」

それまで様子を見守っていたひつじがギュッと俺のシャツにしがみついてきた。

「ひつじくんもついてく。おかいもののいっしょにいく」

「そんなたいした買い物じゃないんだって。すぐ帰ってくる」

「んーん、なぎちゃんとおかいもの」

「牛乳飲んでる途中だろ」

俺が言うなり、ごくごくごくと一気に牛乳を飲み干したひつじがタンッと威勢よくカップをカウンターに置く。おまえは飲み屋で一杯やってるおっさんか。

それから椅子の背を摑んでお尻をふりふりさせながら下りる。上るのはまだ他人の手を必要とするが、下りることはできるようになってきたみたいだ。

「あっ……」

「おい」

子どもだからまだ頭がでかいのか、ぐらりと傾《かし》ぐ高い椅子を押さえ、ひつじの背中を支えてやった。これだからもう、やんちゃ盛りの三歳児からは目が離せない。

「いくからね」

「あー……ハイハイ」

俺の胸の裡《うち》を読み取ったかのように、ひつじが頑と言い張り、右手を差し出してくる。

そのちいさな手をじっと見つめ――なんでこいつはこうまで俺を信頼するんだろう、とふと思う。

外に出かけるときは大人と一緒だよ。

賢一郎さんが日々言い聞かせているたまものかもしれない。カフェという場所柄さまざまな客が訪れ、看板息子であるひつじを可愛がってくれていることは俺も知っている。

でもこいつ、陽気に見えてその実結構用心深い。苦手そうなのは大声で話す男性で、店にやってくる中年リーマンの群れは遠くから見ているだけだ。『かっわいー！』とテンション高い女子高生もちょっと照れくさいらしく、褒められてももじもじしている。

俺の三歳の頃でもこうだったんだろうか。誰彼構わず迎えているわけではなくて、ひつじはひつじなりの審美眼で相手を見極めているんだろうか。

「なぎちゃん、て」

「……はいよ」

俺に対してはまるっきり剝き出しの信頼を寄せているのか、手のひらをパーにして差し出してくるぐらいだ。その指先にちょっとだけ触れると、すぐにぎゅっと摑まれた。

「いこ、なぎちゃん。ぎゅうにゅうぎゅうにゅう」

勢いよく引っ張られて、俺は賢一郎さんに渡されたエコバッグを持ってカフェを出た。外は午後のやわらかな陽射しで満ちていて、俺の手を摑んで先を歩くひつじの髪をキラキラと輝かせている。

「ねえ、そとあったかいねぇ」

「だな。おまえくしゃみ大丈夫なのか。無理すんな。またはなたれ小僧になるぞ」

「なんないもん！」

跳ねるような足取りでひつじは表通りへと向かう。二車線の道路なので横断歩道がある。いまいる場所から斜めに突っ切ればスーパーに直行なのだが、ひつじは信号があるところまで丁寧にとことこ歩いていく。

水色のパーカはまるで空を映したような鮮やかさだ。七分丈の千鳥格子《ちどりごうし》のパンツを合わせているのが生意気だけれど、洒落者《しゃれもの》の賢一郎さんらしいチョイスだ。

「面倒だろ。道路突っ切ろうぜ」

「だめ。しんごうわたるの。けんちゃんともやくそくしてる」

四月の風が爽《さわ》やかに吹き抜け、ひつじの髪を揺らしている。くせ毛の明るい茶色の髪は艶々だ。大人の俺が見ても羨《うらや》ましくなるぐらいダメージが一つもない。

「……ま、しょうがねえか」

まさか三歳児の前で堂々と信号無視するわけにもいかないし。

横断歩道まで行き、赤が青へと変わるのを待つ。その間ひつじは興味津々に行き交う車を眺め、「ああいうのかっこいい」「あっちのも」と指をさす。

「ひつじ、車が好きなのか」

「うん」

どういうの、と訊《き》かずともわかる。ひつじがかっこいいと言うのはだいたいスポーツカーだ。ガンメタリックや黒の車が走ってくると興奮するし、一台だけ赤いスポーツカーが走ってきたときは目をまん丸にしていた。

「ああいうののりたい。なぎちゃん、くるまのらないの？」

「免許は持ってるが車はいらない」

「なんで」

「車を置く場所が高い」

「ああ……」

悲しそうにひつじがため息をつく。そんなところだけいっちょ前だなおまえ。

「生意気だぞひつじ」

しゃがんで鼻先をひと差し指でぴんっと弾くと、ひつじはびっくりした顔の次に満面の笑みを浮かべる。

「くるま、うちにおいてもいいよ」

「賢一郎さんの車がもうあるだろ」

「となりとか」

ひつじカフェの横には二台分の駐車スペースがあり、片方は賢一郎さん用だ。もう片方は、一応来客用だとか。中野という街に根ざすカフェにわざわざ車で乗り付ける奴もいないと思うが、まあ、なにかあったときのためにスペースは確保しておいたほうがいい。あのへんは路地が細いし。消防車とか入れるんだろうか。火を扱う仕事だから賢一郎さんはひと一倍気を遣っているだろうけど、ちびもいるしいろいろと心配だよな。たぶん。

「なぎちゃーん、あおだよ」

物思いに耽《ふけ》っていると、手を引っ張られた。気づけば信号は青に変わっていて、ひつじは早くもスキップしている。ちっちゃいのにほんとこいつエネルギーの塊。

「すーぱー。すーぱー」

「お菓子は買わないからな」

「えー、ちょこほしい。だめもんまんのちょこほしい」

「おまえ、毎日食っててんじゃないのか？　賢一郎さんにもおねだりしてんだろ、太るぞ」

「ふとらないもん」

だめもんまんとは、ひつじが最近ハマっているアニメ番組だ。幼児なら絶対に誰でも一度は見るだろう、だめもんまん。なんでも『ダメダメやだやだ』と言うものの、結局最後はトラブルを解決してしまうちょっと変わったヒーローが出てくるのだが、イヤイヤ期に当たる子どもからは絶大なる人気を博しているんだとか。

テレビでよく取り上げられているなとは知っていたけれど、実際にひつじの部屋にはだめもんまんのぬいぐるみやおもちゃがところ狭しと置かれていて、ほんとうに子どもたちに人気あるんだなこれ、と実感しているところだ。

スーパーに入ると、まずは黄色いカゴを持つ。ひつじが「もちたいもちたい」と騒ぐのをなんとか抑え込み、牛乳売り場でパックを三本カゴに入れた。それからまっすぐレジに向かうと、脇にあるちょっとしたお菓子コーナーでひつじが立ち止まる。

「なんだよ」

「だめもんまんのちょこ……」

棚に陳列されているのはシールがおまけについたチョコスナックだ。このシールをひつじはこよなく愛していて、買ってもらうと大事に専用ノートに貼り、暇さえあればそれをめくって自分流の物語を作るぐらいだ。

「だめ」

「うう……ほしい」

「だめだったら。毎日食べてたら虫歯になるだろ」

「ちゃんとはみがきする。ぜったい。ぜったいはみがきする」

ひつじは「おねがいおねがい」と必死に言い続け、だめもんまんチョコを一つ、両手で差し出してくる。

くっそ、ちょっと可愛いからって図に乗るなよ。

ここで俺がホイホイ買って与えると、困るのは賢一郎さんだ。『なぎちゃんはかってくれたもん』と駄々をこねるようなことがあったら申し訳ない。だから俺はあえて前を向き、「だめだ」と言った。

「賢一郎さんに了承を取ってない」

「りょ、……りょう、しょうってなに」

「いいよって言ってもらってないってこと」

「えー。けんちゃんはおこんないよ。だってきのうもそのまえもかってもらってないもん」

「だからって今日はいいってことにならないだろ」

「ねえ」

やけに真剣な顔をしたひつじが俺の膝にすがってくる。

「ねえ、あしたはたべないから。ね？　ね？　やくそくするから。ぜったい、いいしーるはいってるんだよこれ」

どうしてそんなのがわかるんだと噴き出してしまった。俺にはいいシールと悪いシールの区別なんてつかないけれど、コレクションしているひつじにとっては真面目な悩みなんだろう。

「このなかにはいってるこがくるとね、あたらしいおはなしつくれるの。だから……ね？」

「中がわかってないのにそこまで言うか」

ひつじの創る話は脈絡がないし、突然始まって唐突に終わる。何度か聞かされているが、その

だめもんまん
チョコ

つどつい笑ってしまうようなつたなさと突拍子のなさに溢《あふ》れている。

でも、新しい話が創れるという言葉には胸が軽く疼《うず》く。

こんなちびでも創作の楽しみを知っているんだなって、純粋に惹かれる。その話が短かろうが長かろうが、筋道が立っていなかろうが、いまのひつじにしか創れない話なんだろう。

一個三十円のチョコスナック。そこから生み出される物語。

じいっと俺を見上げてくるひつじ。その明るい綺麗なブラウンの瞳。まるでテディベアだ。

「……ちゃんと賢一郎さんには報告するからな。明日はもうダメだぞ」

「ありがとうなぎちゃん！　ありがとう」

買ってもらえるとわかったとたんぱあっと顔を輝かせるんだから、現金だ。

ひつじからチョコスナックを受け取ってカゴに入れ、別会計でレジに通してもらった。

「ひつじくん、ちょこもつ」

「わかったよ。すみません、シール貼ってもらえますか」

店員さんにだめもんまんのスナックだけシールを貼ってもらい、ひつじに渡す。ようやく買い物が終わり、急いでカフェに戻ると、「あれー？」と声がかかった。

「凪原さん来てたんですか。ひつじくんもおかえりなさい」

「ただいまー！　はるちゃん！」

陽気な声は、同じ劇団に所属する陽斗だ。

「おまえも来たのか。いま？」

「ええ、ついさっき。あ、牛乳の買い出し行ってくれたんですね。すみません、受け取ります。賢一郎さん、実家から電話がかかってきたんで二階に行ってるんです」

白黒の七分袖のボーダーシャツにジーンズという格好がいかにも若々しい。俺からエコバッグを受け取った陽斗はキッチンにするっと入り、手際よく牛乳を冷蔵庫に詰めていく。そのままの格好で、「今日は俺が作りましょうか」と笑いかけてきた。

「賢一郎さんから聞きました。豚の生姜焼きを食べるんですよね？　俺、めちゃくちゃ得意なんです。作らせてもらえませんか」

「おまえがぁ？　腹壊さないだろうな」

「もうびっくりするぐらい旨《うま》いやつ作ります。なんなら賢一郎さんより断然美味しいやつ」

「きょうのはけんちゃんよりおいしいの？　ひつじくんもちょっとたべたい」

「いいよ。賢一郎さん対俺だ」

胸を張る陽斗にキッチンを任せ、俺はまたひつじを横に座らせてカウンターの隅を陣取る。

「陽斗、最近バイト忙しいのか。稽古ギリギリのこともあるだろ」

「へへ、まあ結構。ここともスーパーの掛け持ちなんですよね。スーパーのスタッフが足りなくていまかなり忙しくて。でも、稽古に遅刻はしてませんよ～」

「ったりまえだ。俺の貴重な時間を一分でも潰《つぶ》したら殴る」

「うわコワ。でも凪原さんらしい」

カフェエプロンを巻き付けた陽斗は手際よく冷蔵庫から豚肉とタマネギを取り出し、下ごしらえをしていく。

「ひつじカフェのじゃなくて、俺流の豚の生姜焼きでいいですか?」

「食えればなんでもいい」

ひつじがずっと黙っているなとちらりと横を見ると、さっき買ったばかりのだめもんまんのチヨコスナックを大事そうに両手で持っている。開けたそうで、じりじりしているみたいだ。

「賢一郎さんに買ったことを伝えてからな」

「うん」

こくんと頷《うなず》くひつじはそれでもパッケージから目を離さない。

ジャッと油の跳ねるいい音を立てながら、陽斗はフライパンを返す。ものの数分もしないうちに「はい、どうぞ」とことりと皿を目の前に置かれた。

そこには見慣れた生姜焼きではなく、タマネギと豚こまの炒め物があった。

「なんだこれ、生姜焼きじゃないだろ」

「まあまあ、ぜひひと口だけでも食べてみてください。絶対美味しいから」

どっさりとキャベツとニンジンの千切り、くし切りのトマトが盛られているのは美味しそうだけど。ついでごはんとワカメと豆腐の味噌汁も出されたので、胡乱《うろん》そうに見ながらも箸《はし》を手にする。カフェランチっていうより、定食屋っぽい。

「どうぞどうぞ」

まずは味噌汁をひと口。こっちは賢一郎さんの作り置きだろう。普通に旨いし、ほっとする味だ。お次は野菜をもりもり食べる。食事の初めに野菜をしっかり取り入れることで、糖質の吸収を抑えられるのだ。

そして、雑な見た目の肉と野菜の炒め物をおそるおそる口に運び、「ん」と目を瞠《みは》った。

「……旨いじゃん」

豚こまの脂《あぶら》がタマネギにも染み込んでいる上に、醤油《しょうゆ》と生姜がいいアクセントだ。普通の豚の生姜焼きというと厚めの豚ロースを使ったり、専用にスライスされたものを使ったりするが、この簡単三分クッキングみたいなのでもめちゃくちゃ美味しい。

「あ、もやしが入ってる……？」

「そうなんです。タマネギともやしを入れて一緒に炒めてるんです。だからシャキシャキしていて美味しいですよね」

つい箸が進んでしまう濃いめの味付けだ。なんていうか、カフェ料理というよりおふくろの味みたいな感じだ。そして最後にごはんもひと口。

「家で食べるっぽい味」

「あ、わかります？　これ、うちの母の得意料理なんですよ。と言っても野菜の余り物を全部入れちゃうときもあるんで結構博打《ばくち》になることもあるんですけど、今日は大成功でしたね。お口に合ったらよかったです。あと、隠し味にちょっとだけケチャップ」

「へえ、生姜焼きにケチャップって合うんだ」

「味がまろやかになるんですよね。これ、前にひつじくんに作ってあげたらめちゃくちゃ喜んでもらえたんですよ」

「俺はお子様舌か」

顔をしかめつつも、やさしい感じのする生姜焼きに手が止まらない。普段はごはんを軽めに一膳もらっているのだが、今日は早めに空になってしまった。

「もう少しだけお代わりします？」

「ん」

にこにこしている陽斗に茶碗を渡すと、気を利かして半分ほどごはんを盛り付けてくれた。

「ね、ひつじくんもあーん」

「おまえまだ食べてなかったのか」

「たべた。でもたべたい」

隣でひな鳥のように口を開けたままのひつじが可笑しくて、ちいさな豚こまを箸でつまんでぽい、と放り込んだ。

「……ん！　おいし～！　はるちゃんのおにくおいしいね」

「ありがと。ひつじくんに言ってもらえると嬉しい。もっとレパートリー増やさないとね」

「じゃあ、こんどはけーきつくって」

「ケーキか……うーん、いきなり難題だな。洋菓子はチャレンジしたことないぞ」

陽斗は難しそうな顔で首をひねっている。確かにケーキはハードルが高そうだよな。俺は黙々と食事を続け、皿を綺麗にしているところだった。

「ああ、お待たせっと、陽斗が作ってくれたのか。ごめんごめん」

電話を終えたらしい賢一郎さんがとんとんと階段を下りてくる。

「凪原くんもお使いありがとう。ひつじ、迷惑かけなかった？」

「いえ、べつに。だめもんまんのチョコスナックを買いました」

「ああ、やっぱり。我慢できなかったか」

陽斗の隣に立つ賢一郎さんは腰に手を当て、苦笑いしている。

「ここ数日なんとか我慢してたんだけどな。とうとう痺《しび》れを切らしたか」

「すみません、食べない約束をしてたとしたら……」

「いやいや、今日はもう買ってやろうと思ってたところだから。逆にひつじも俺より凪原くんに買ってもらえたほうがありがたみがあるんじゃないかな。ひつじ、ありがとうは言った？」

「いったよ。なぎちゃん、ありがとね」

頬にぺこんとえくぼを作ってひつじが笑う。そのちいさな手にはしっかりとチョコスナックが握られている。

「そんなに摑んでるとチョコが溶けるぞ」

「あ……」

ねえねえとひつじが俺の袖を引っ張ってくる。

「もうごはんたべた？　にかいきて」

「どうして」

「あのね、ひつじくんといっしょにこのちょこ、あけよう」

開封儀式に立ち合えというのかこのちびは。どこまで俺を付き合わせる気だ。

仮にも俺は「北極星」の看板役者だ。俺があってこその劇団ということは誰もが知っている事実で、大勢のファンもついている。そりゃもう大劇団とは比べようがないが、俺は金にあかした舞台というのが好きじゃない。豪華なセットに埋もれてしまう役者になるぐらいなら、実力で勝負するしかないちいさな小屋がいい。

そこでの俺はまさしく王だ。熱心な民は数多くいて、いつも綺麗な花を贈ってくれるファンもいる。中にはちょっと危険な恋愛感情交じりのファンもいるが、ロビーでの挨拶《あいさつ》をするときの俺は塩対応なので、現実と夢の線引きはしっかりしている。入り待ち出待ちについても、基本的にはほとんど対応しない。一度やり始めるときりがないし、不公平になるからだ。

そんな俺とは対照的に陽斗はファンに平等にやさしい。できるかぎり入り待ち出待ちでも笑顔を向けるし、ロビーのお見送りでは握手やサインにも応《こた》える。もちろん、彼はまだ新人枠だから、ここでしっかり応援してくれるファンを養っておかないといけないという面はある。ただ、陽斗のいいところは変に媚びないところだ。

若くて顔がいいとはいえど役者はそれだけでは食っていけず、他にもバイトを掛け持ちすることがほとんどだ。中には水商売に手を出す者もいる。そこはべつに咎《とが》めることじゃないけど、枕営業に走る奴がたまにいる事実を俺は知っている。

それだけは絶対にだめだ。

枕営業をやり始めたら、終わりがない。役者として舞台で身体を張るのではなく、違う意味で稼ぐようになってしまったら、いずれ身を持ち崩す。だいたい、相手がファンからストーカーにならないとは言いきれないじゃないか。押しかけ女房になる女性だっているだろう。それは、歪《ゆが》んだ夢を見せた役者側が絶対に悪い。

だから俺はプライベートといえども、女癖男癖が悪い役者は敬遠している。「北極星」は見た目に秀でた者がそろっているので、誘惑は多い。

俺自身、この間二十歳になったばかりだという女性ファンに入り待ち出待ちを繰り返された挙げ句、「一度でいいからお茶に付き合ってください」と懇願《こんがん》されたばかりだ。

もちろん、丁寧に断った。

「地方から出てきてずっと凪原さんひと筋で応援してきたんです。どうかお茶だけでも」

懸命にせがまれてこころが揺らいだが、「申し訳ありません。役者である以上個人的なお付き合いはしないと決めているので」と冷ややかに言ったところ、彼女は茫然《ぼうぜん》とした顔で去っていった。ちょうどそのときはドラマティックな恋の芝居に取り組んでいたときだったから、余計にダメージを与えたかもしれない。

これでもう、あの子は芝居を観に来てくれないかもな。

そう思ったら寂しかったが、仕方がない。俺は俺の演技で売りたい。色仕掛けで一瞬どうにかなったとしても長続きするものではない。それは、沈没していった他劇団の同期や先輩を見ていてわかる。

「ねー、なぎちゃん。にかいいこう」

真面目に身の振り方について考え込む俺の顔をひつじがのぞき込んでくる。

俺がなにを悩もうが、いまのひつじにとって大事なのはだめもんまんだ。

「すみません賢一郎さん。二階にお邪魔してもいいですか？」

「どうぞどうぞ。……陽斗、ちょっとあとで話をしてもいいかな？」

「ん？　ぜひぜひ」

ちょっと憂《うれ》えた顔をしながらも賢一郎さんは穏やかに俺とひつじを二階に案内してくれる。トレイに載《の》せたココアとクッキーもおまけにつけて。

いつものリビングに通されて、俺はひつじのクッションで埋められているソファに腰を落ち着ける。ひつじは「まっててね」と言って、シールノートを取りに行った。

ひつじクッションにひつじのモビール。ソファには春らしいピンク色のカバーがかかっていて、男所帯とは思えない可愛らしさと清潔さに溢れている。そんなに広くはないのだが、家庭的な暖かさに満ちていて、いい色合いに染まった柱や天井を見るとなんだか落ち着く。

「ほら、これ。ひつじくんののーとだよ」

ひつじが隣の寝室から一冊のノートを持ってきた。表紙には「ひつじノート③」ときちんとした字で書いてある。きっと、賢一郎さんが書いたんだろう。何度も何度もめくったせいか、ノートの端っこがめくれ上がっていた。あちこちにクレヨンでいろんなひつじが描かれている。ずいぶんへたくそだな。これは間違いなくひつじが描いたやつだ。

ひつじはソファに座るなり「あのねぇ」と俺の膝にもたれながら、ノートを開いた。

「みてみて。このこがひつじくんのいちばんすきな、だめもんまん」

最初のページに、勇ましくガッツポーズを取っただめもんまんのイラストシールが貼ってある。それを囲むように「だめだめ！　だめだめ！」とよれた字がカラフルに書いてあった。

「これ、ひつじが書いたのか」

「だめだめ？　そう、だめだめっていうだめもんまんがすきなの」

「なんで。だめなやつじゃん、こいつ。なんでもやる前からすぐだめだって言うし、同じ男としちゃちょっと尊敬できないな」

「そんけい……」

「好きになれないなってことだ」

「えー、だめもんまんいいよ。さいごはぜったいかっこいいもん」

「まあ、そうなんだけどさ。思いきりが悪いというか」

「でも、さいごは、ぴっ、て！　ぴっ、てきまる！」

ひつじはぴょんと起き上がり、右手は額に、左手はお臍に当ててポーズを取る。

だめもんまんお決まりの締めのポーズだ。なんだかマヌケだが、そういうところも子どもには魅力的なんだろう。

「でね、さっきかってきたちょこ、あけようね。なぎちゃん、どんなだめもんまんがはいってるとおもう？」

「さあな」

「ひつじくんね、だめもんまんがそらとんでるやつほしい。あと、おともだちのあいあいちゃんのあたらしいぽーずがきたら、またおはなしつくれる」

「あいあいちゃん？」

「だめもんまんの、こいびとだよ！」

はしゃぐひつじに思わずドキッとした。おいおい、三歳で恋人の意味がわかってるのか。

「恋人ってなんなのか知ってるのか？」

「すきなひとだよね？　あいあいちゃん、きれいなんだよ。すごくきれい。あのねぇ、なぎちゃんみたい」

ふふ、と照れくさそうに笑って、ひつじがノートをめくり、たった一枚だけあるあいあいちゃんを見せてくれた。

てっきり女の子キャラかと思っていたら、「呼ばれたらシュッと飛んでゆくあいあいだよ！」と文字が書かれた男の子キャラのシールが貼ってあった。マントを颯爽《さっそう》とひるがえし、王冠を着け、絵本の中に出てくる王子様のような格好に噴き出してしまった。

「これのどこが俺なんだよ」

「きれいなとこー。あいあいちゃんね、だめもんまんのしんゆうなの。しんゆうってしってる？ひつじくんしってる。ほいくえんの、ゆうくん。ゆうくんはひつじくんのしんゆう。でね、だめもんまんはひつじくんで、あいあいちゃんがなぎちゃんで、あいあいちゃんがぴんちになったらひつじくんがたすけにいって……」

もはや支離滅裂だが、楽しそうに語るひつじを止める手立てはない。俺に寄りかかって熱心にページを繰りながら話を作っていくひつじの温もりを感じながら、俺はのんびりとココアを飲む。

「でね、あいあいちゃんはよるになるとちからがでなくなるの。こわいこわいおばけがでてくるから、だめもんまんがそばにいないとねれないの」

「寝られないの」

「え？」

ひつじがきょとんとして見上げてくる。

「ね、ら、れ、ないの、だろ。ら、が抜けてる」

「あ、……ね、……ねら、れ、ら？　ねらら、ね？　ねら」

しばらく葛藤《かっとう》していたひつじだが、なんとかつっかえつっかえ、「ねられ、ないの」と言い直す。

「それでよし」

三歳だろうと、ら抜き言葉はだめだ。こういうのは幼い頃から徹底しておかないと。

「ね、られ……、ないの？　あってる？」

「合ってる合ってる」

「ひつじくんえらい？」

「偉い偉い」

「じゃあ、なでなでして」

「なんだよ、仕方ねえな」と言って、頭をわしゃわしゃと撫でまくる。かなり適当に扱ったつもりなのだが、ひつじは嬉しそうに身体を擦り寄せてきた。

「ねーえ、なぎちゃんはさいきんなにしてるの？　おけいこしてるの？　つぎのおしばい、どんなの」

今度は質問魔か。一度取り憑かれると、ひつじは「なんでなんでどうして」っ子になるので大変だ。陽斗は一つ一つ丁寧に答えてやっているが、俺はそこまで暇じゃない。今日も持ってきたデイパックから読みかけの小説を取り出すと、ぱらぱらめくる。

「やだぁ、ひつじくんのはなしきいてよう」

本を押しのけて膝にのしかかってくるひつじの頭をぐいっと横にどかし、「邪魔」と言い放つが、相手もめげない。

「ねえ、ねえ、なぎちゃんはあいあいちゃんのどこがすき?」

「どこも好きとか嫌いとか言ってない」

「だめもんまんのしーるみよう……あ! あいあいちゃん! あいあいちゃんのあたらしいしーる! やったぁ、ね、ね、これでおはなしつくれるね」

ひとの話をまったく聞いていないひつじはいそいそとチョコスナックを開け、中から大事そうにシールを取り出してノートにぺたりと貼る。

めちゃくちゃ斜めってんだけどおまえ。ああもう、それぐらいまっすぐに貼れないのか。指でシールの端をめくろうとしたが、もう遅い。ノートのど真ん中にシュッと飛んでゆくあいあいちゃんが貼り付けられてしまった。

「横にまっすぐ貼れよ」

「いいのこれで。そらとぶんだから。ぴゅーんって!」

そう言ってひつじが部屋中を駆け回り、手を水平にして一周したかと思ったらいきなりカーブして、俺にばふっと全身で抱きついてきた。首っ玉にしがみつかれてさすがに驚く。

「おい、こらっ」

「へへ、なぎちゃんはあいあいちゃんだよ！　だめもんまんはひつじくんね！」

言っていることが全然わからない。

わかる必要なんかない。相手は三百六十五日×三年だ。

ひつじは俺に構わず正面から膝ににじり寄り、うつむいてノートを開く。だから俺もため息をついてひつじの頭の上で小説を開く。

「それでね、おはなしのつづき。あいあいちゃんがすんでるおうちっていうのがね、きのうえで、たかいたかいきのうえで……」

脈絡がまったくなく、カタルシスもまるで見当たらない自分語りにのめり込んでいくひつじのやわらかな声を聞いていると、だんだんと眠くなってくる。本をめくる速度がゆっくりゆっくりになっていく。

視線を落とすと、ひつじのつむじが見える。くるくる右巻き。

おまえさぁ、ホントひつじ。

ひつじと俺の冒険

「よっと」

十一月の小春日和《こはるびより》、俺は布団をベランダに思いきり干す。

今日の陽気ならふかふかに仕上がりそうだ。ついでに洗濯物も洗い、次々に干していく。下着類は洗濯乾燥機でまとめて乾燥させる。

中野駅から歩いて十五分ほどのアパートの二階が、俺の城。1DKで、この秋できたばかりの築浅だ。俺は劇団「北極星」のトップ役者として専任しているので、芝居に出ていない月でも一定のギャランティが支払われる。若い頃はバイトを掛け持ちしていたが、いまは芝居に熱中できるのがありがたい。

窓を全開し、部屋の隅々まで掃除機をかける。今月は公演がなく、基礎的なレッスンや「北極星」の許可をもらってよその劇団のバラシ《撤収作業》を手伝ったり、気になる芝居や映画、読書に励んだりする日々だ。

家でゴロゴロできる貴重な日々、と言いたいところだが、実際はあまりしない。平日でも朝七時には起きてジョギング五キロとストレッチをこなし、いったん家に戻って軽くシャワーを浴びて食事をしたら、気になっていた本やテレビドラマ、小説、漫画に目をとおす。

それからタブレットPCでニュースやSNSをチェックする。劇団では昔ながらの紙の脚本が渡されるが、稽古の日時や団員同士の連絡はLINEを多用するようになった。

……以前。

ちょっとした意地の悪いやり方で陽斗をLINEグループから弾いたことがあった。稽古の日時をわざと知らせなかったのだ。いま思うと子どもっぽい嫉妬だなと自分が恥ずかしくなるが、いつどんなときでも俺は新人ベテラン問わずにその能力を認めたら猛烈に嫉妬し、バネにするところがある。舞台上ではキャリアなんか吹っ飛ばして、能力がすべてを語るんだ。役者一年目だろうが二十年目だろうが、スポットライトはつねに輝ける者の頭上にある。そのことを痛いほどに知っているから、俺は力のある陽斗を爪弾きにしようとしたのだが、相手もなかなかめげずに食らいついてきて、ひつじというくせ者までおまけについてきたことでなんだか懐柔されてしまった。我ながら情けない……。

140文字縛りのSNSには、劇団公式のアカウントの他にもうひとつ、エゴサーチ用の情報収集アカウントがある。公式アカウントでコメントを出す場合は、140文字の最後に（凪）と入れている。これは、ほんとうに表向きの顔だ。

「北極星」の顔である俺、凪原俊介の稽古風景や本番前、カーテンコールに出る前のショットなどがアップロードされる。「凪原俊介」個人アカウントも欲しいとファンからはリクエストをもらうのだが、俺は素顔と外面を使い分けられるほど器用じゃない。それに、ファンには夢を見ていてほしい。最近は役者もSNSを使ってプライベートを明かす者が多くなったが、一方で黙して語らず、という者もいて、会えるのは劇場だけで、というミステリアスさをキープしている役者もまだまだいる。俺はどっちかというと後者だ。

劇団アカウントでは役者仲間とメシを食べていたり、本読みしたりする場面を撮った写真が載ることもあるので、それで十分だろうと思う。板の上で別人を演じる役者の場合、あまり素顔を見せないほうがより芝居を楽しんでもらえるんじゃないだろうか。

さて、エゴサ用アカウントといえば、その名のとおり。「北極星」「凪原俊介」のキーワードで検索をし、まず世間にこの名が浸透しているかどうかを冷静に見る。次は、ファンの間でどう語られているかも知りたいのだけれど、画面をタップする前に部屋のドアがこんこんとノックされた。

宅配便か？　勧誘か？

午前十一時、部屋の扉を開けると、誰もいない。

「なーぎちゃん」

「は？」

聞こえてきたほうへ視線を落とすと、なんとひつじだ。赤いフリースに元気よく半ズボンを穿《は》き、ちいさなリュックを背負ってにこにこしている。

「なんだよおまえ、どうしたんだ。一人で来たのか？」

「そう、おつかいしにきたんだよ」

「お使い？　なんの」

「あのね、りんごをかいにいってきたの。それで、けんちゃんがなぎちゃんにもおすそわけしておいでって。あがっていい？」

「あ、ああ、いいけど」

「わーい、おじゃましまーす」

もどかしそうに玄関で靴を脱ぎ、とたとたと室内に駆け込むひつじは興味津々にあちこちのぞく。そして唐突に気づいたかのように俺の前でリュックを下ろし、「はい」と二つの真っ赤なリンゴを差し出してきた。

「おひっこしいわい、だって」

「へえ、美味しそうだな。……せっかくだから一緒に食べるか？」

「たべる！　ねえ、なぎちゃん、ほんとにひつじくんちとちかくなったんだねぇ。あるいてちょっとだよ」

じつは、そうなのだ。この秋、俺は前に住んでいたアパートの契約更新をせず、ひつじカフェから歩いてすぐのところにできたここに引っ越してきた。

以前はバストイレが一緒なのが不満だったが、このアパートは狭いながらもそれぞれの空間が独立している。

ダイニングにちいさなテーブルと椅子を置くこともできた。あまり客は呼ばないと思うが、一応二脚椅子を用意している。その片側にちょこんとひつじがよじ上り、「りんご、りんご♪」と楽しそうに歌う。

「りんごーのかわーは、なーがれてゆーくよー、むきむきむき、むきき、きっきっきっ」

「なんだその独創的な歌は」

「ひつじくんがつくったの」

呑気《のんき》な会話を背に、俺は毎日綺麗にしているキッチンでひつじが持ってきてくれたばかりのリンゴを洗う。

「そうだ、あのね、こんどのじゅうご、にち、……あいてる?」

「金曜か。空いてるけど、なんだ」

冷蔵庫の扉にかかったカレンダーを確認しながらリンゴをまずは半分に切っていると、椅子の上に立ったひつじが背後からそろっとのぞき込んできて、「あのねぇ」と甘ったれた声を出す。

「ひつじくんのね、しちご……さん? するんだって。おとこのこのおいわいなんだって。なぎちゃん、これる?」

「来られる」

「こ、こられ、る？」

「行けるけど、家族のお祝いだろ。俺が参加していいのか？」

「はるちゃんとけんちゃんがどうぞって。ひつじくんもなぎちゃんにきてほしい。あ、あ、りんご、うさぎさんにしてー」

「なんだと？　めんどくせえなあ、これ食っとけよ」

「うさぎさんがいい、うさぎさんにしてー」

「わかったわかった」

くし切りにしたリンゴの皮に切れ込みを入れ、ぴょんと耳を立てる。ついでに赤い皮のあまりで目を作り、飾り付ける。

「どうだ」

「かわいー！　もったいないねぇたべるの」

「でも食べるんだろ」

「たべる」

数匹のウサギリンゴを盛り付けた皿をテーブルに載せてやれば、ひつじはタタッと椅子に再び座り、待ちきれない様子だ。この半年ぐらいでいきなり椅子に上り下りするのがうまくなったなこいつ。

「あーん」

口を開けているひつじに「もう五歳だろ」と言い放つ。

「五歳の男児ならリンゴぐらい一人で食べろ」

「ああん」

懲《こ》りないひつじに、フォークで刺したリンゴをぽんっと放り込む。まだちいさな子ども相手なので、リンゴも小ぶりに切り分けた。俺もコーヒーを淹れて椅子に腰掛け、あぐあぐと元気にリンゴを噛み締めているひつじのしあわせそうな顔をなんとはなしに見つめる。

それで、ふと気づいたことがあった。

「ひつじ、前歯、グラグラしてないか？」

「え？　あ……ここ？」

ごくんとリンゴを呑み込んだひつじが、「そう」としかめっ面をする。その顔、なっまいき。

五歳にもなるとひつじの表情もずいぶん豊かになってきた。喜ぶときと怒るときの二パターンだけかと思っていたら、いまみたいにちょっと憂えた顔もするし、考え事をしているような顔もする。ご近所になって以前よりもぐっと顔を合わせることが多くなったぶん、すっかり見慣れたと思っていたが、たまにこうしてハッとするような発見もある。

俺は指を伸ばし、「ちょっと、イーッってしてみ」とくちびるを引っ張る。

「いー」

ひつじの歯は真っ白で真珠みたいだ。小粒にそろっていて、いかにも幼児らしい歯だが、これも賢一郎さんが気にかけて毎日歯磨きさせているからだろう。偉い、賢一郎さん。最近では陽斗とますますいい仲になって、ほぼ同棲している感じだ。男同士で、とか、年齢差は？　とか、つまらないことを訊く趣味は俺にはない。

　この業界、そもそも同性で惹かれ合う者も結構いるし。カミングアウトされたらされたで、「へえ、そうなのか」と言うぐらいだ。

　ぐらついているひつじの歯は、下の前歯だ。といってもまだ乳歯なので、ほんとうにちいさい。つるつるしたそれを指で軽く押してみると、ぐらついている。ちょっと強めに押せばぽこんと抜けそうだが。

「ぬ、ぬけそう？」

「んー……まあ、このままでもいいだろ。無理して抜くと痛いし、血も出る」

「ち、でるんだ……じゃあやだ」

　ぶるぶると頭を横に振るひつじが顔をしかめたままリンゴを頬張る。成長期らしく、二つ目、三つ目をガリゴリと勢いよくかぶりついていたときだった。

「あ……っ」

　ひつじが目をまん丸にして、ぱっと口元を押さえた。

「なんだ。どうした」

「ぬ、……ぬ……はぁ……」

「は？」

なんなんだおまえは。

気合の入らない声に首を傾げると、ひつじがいかにも情けない顔で、おずおずと口元を見せてくれた。

「はぁ……ぬけた……ぽろって……いま……」

「マジか。出してみろ」

呑み込んだら大変だ。幸いリンゴはすでに食べ終えていたので、歯だけが口内に残っていたみたいだ。それを手のひらに吐き出してもらい、ざっと水道水で洗う。

艶々のお米みたいな歯。

「へえ、ほんとうに抜けたな。なあひつじ……ん？」

いつの間にかそばに来てひつじが俺のシャツを掴んで見上げている。

「みして……」

「見せて」

「みせて……ひつじくんのはぁ……」

「ほら」

ひつじは初めて見た自分の歯に興味津々のようだ。

「痛くないか？　血が出てないか？　見せてみろ」

「うん」

ひつじの前にかがんで口を開けさせると、見事にパカッと一本、隙間《すきま》が空いていた。イーッとしているひつじが歯抜けで笑っているようにも見えたので、思わずふはっと噴き出してしまった。

「や、やだ」

途端に顔を赤らめたひつじが口元をぷくぷくした両手で隠しながら後じさりする。

みるみるうちに真っ赤なゆでだこになるひつじに、「ごめんごめん」と慌てて頭を撫で、「もう一度見せてみろ」と言ったが、頑として両手を外さない。

それどころか俺を恨めしそうに見つめてくる。

「ごめんって。ちょっと面白かっただけだ。ちゃんと成長してる証拠だろ？」

「でも、……わらったもん……ひつじくんのこと……なぎちゃんわらったもん……」

「だから、おまえが可愛いからだって」

ハイハイだから機嫌を直せと言うと、ひつじはおずおずと身体を擦り寄せてきて、「ひ、ひつじくん、かわいい……？」と問うてくる。そして「みて」と手を外し、口を開けてくれる。

今度は噴き出さず、じっくりと抜けた箇所を確かめた。血は出てないし、綺麗な桜色の歯茎を押しても痛がる様子はない。

「よかったな。自然と抜けたみたいだ。でも、口をゆすいで、リンゴはもうやめとけ」

「うん……はぁ、どうするの？」

「持って帰って、賢一郎さんに見せよう。初めて抜けた歯だろ？」

「そう」

まだどこか脱力しているひつじに、仕方なく俺は抜けた歯を今度は丁寧に自分の歯ブラシで磨き、ティッシュにくるんで薄手のダウンを羽織り、ポケットに入れる。それからひつじの前にしゃがんで、背中を向けた。

「ほら」

「え？」

「いいから乗れ。送ってやるから」

「おんぶ、してくれるの」

「ああ。乗れ」

「わかった」

ひつじは後ろからぴょんと飛びついてきて、首にしっかりしがみつく。よいしょと持ち上げると、まだ軽い。ひつじは小柄なほうだから。こいつ、将来はでっかくなれるんだろうか。

部屋の戸締まりをして、外に出る。ひつじはぎゅうっと俺にしがみついていて、頭を擦り付けてきた。

「なぎちゃん、いいにおい」

「シャンプーの匂《にお》いだろ」

「んん、あまくていいかおり……くだものみたい。ばなな？　りんご？」

三十路《みそじ》も近いという俺をフルーツ扱いするとはさすが五歳児だ。

歩いて数分の距離にあるひつじカフェの扉を押し開けると、「いらっしゃい、凪原くん」と爽やかな声がかけられた。賢一郎さんだ。

するとひつじが俺の肩からぴょこっと顔をのぞかせ、「けんちゃーん。はぁ、ぬけた！」と明るく報告する。

「はぁ？」

「リンゴを食べていたらぐらついていた乳歯が抜けたんですよ」

「え、ほんとうか。おいでひつじ、見せてごらん」

「んー」

俺の背中から渋々下りるひつじがカウンターの中から出てきた賢一郎さんに駆け寄り、ぱかっと口を開ける。

「あーん」

さっきの俺と同じく、賢一郎さんも歯抜けのひつじにふふっとちいさく笑っている。

「ほんとうだ。ここ、抜けそうだったもんなぁ。歯は？」

「あります。磨いてきました」

「うわ、すまないね。ありがとう」

ティッシュに包まれた乳歯を渡すと、賢一郎さんは顔をほころばせ、じっと見つめている。

「ねえ、けんちゃん、ここどうなんの？　ぬけたまんま？」

「違う違う。永久歯っていう大人の歯が少しずつ生えてくるんだよ。痛くないか？」

「ない。だいじょうぶ。ひつじくん、おおきくなるの？」

「なるなる」

「でもね、あのね、はぁぬけたとき、なぎちゃんがわらった」

余計なことを言うな。じろっと睨《ね》め付けたが、ひつじもちらっと横目で見返してくる。お、やる気か。

「すみません。悪気はなくて」

「いやいや、この顔は貴重だ。せっかくの七五三の写真は歯抜けかな？　でも大人になる証だもんな。記録に残しておかないと」

「……もう、くち、あけない」

手でむいっと口をふさぐひつじの頭をくしゃくしゃと撫でて、賢一郎さんは「おいで」と肩を抱き寄せ、椅子に座らせる。

「温かいミルクを入れてあげるよ。凪原くんもどうぞ、お疲れさまでした。お礼代わりにココアとかどうかな。ハーフカロリーのものがあるよ」

「じゃあ、ありがたくいただきます」

ひつじの隣に座り、もう一度「イーしてみろ」と頼む。

「い……いー」

もう口を開けないと言ったくせに、案外素直だ。さくらんぼ色をしたくちびるをちょんと指先でつついてやった。

「こういうふうに一本ずつ歯が抜けて、大人になっていくんだぞ」

「ふぅん……あのね、くちのおくがちょっといたい」

「ああ、そこは六歳臼歯《きゅうし》が生えてくる場所だな、たぶん。ひつじ、この間歯医者さんでも言われたもんな」

「ろ、くさい……きゅ……？」

「いまよりもっと奥に歯が生えてくるんだよ。虫歯になりやすいから歯磨き、頑張れよ」

「うん……」

ひつじは浮かない顔だ。こいつ、このぶんだと歯磨きはあまり好きじゃないな。

「賢一郎さんに手伝ってもらってるんだろ」

「そう……だけど」

「ひつじ、歯ブラシがまだうまく使えないんだよ。日々特訓。あ、でも凪原くんがやってくれたらいい子にできるかもね」

いたずらっぽく笑う賢一郎さんが「はい」とカップを置いてくれた。ひつじ用には温めたミルクを。

「ありがとうございます」

普段はカロリーを気にしているのでめったに甘いものは摂取しないが、ここでたまに飲むホットココアはふくよかな香りで俺を誘う。

「……美味しいです」

久しぶりに飲んだココアはほっとする味だ。

「ねえ、なぎちゃん、いっしょにはみがきしてくれる?」

「いきなりだな」

「だってぇ、むしばやだもん。いたいのやだ」

「なら自分で頑張れ」

「あのね、おく、ちゃんとごしごしできない。ねえ、ねえ、おねがい」

最近思うけど、俺はひつじのこの「おねがい」という声に結構弱い気がする。だめだ、と言ってもひつじもしつこく「ねえ、ねえ」とせがんでくるから最後には根負けしてしまうのだ。

「もう、ホントおまえは甘ったれだな。……しょうがないな。そのミルク飲んだらちょっとだけ手伝ってやる」

「ほんと!　じゃあ、のむ」

言うなり、ひつじは懸命にミルクをふうふう冷まし、なんとか飲み干した。

「いつもごめんね、凪原くんの手をかけて」

拝むようにして言う賢一郎さんに、いいえ、と軽く手を振った。

「いいです。今月はわりと余裕があるんで」

「次のお芝居、いつからだっけ」

「再来月の後半からです。年明けの公演になるんで、わりと華やかですよ。今回も観に来ます？　たぶん陽斗も出るし」

「行く行く。もちろんだよ。稽古中から差し入れするから頑張って」

賢一郎さんの作るバラエティ豊かな差し入れは団員たちにも大人気だ。軽くつまめるサンドイッチや、見た目にも楽しくなるようなフルーツの盛り合わせ、たまには腹にガツンと溜まるおにぎりの詰め合わせなんかも持ってきてくれる。鮭に明太子、昆布におかかと稽古中の団員たちがワッと大声を上げて喜ぶ彩りに、卵焼きや唐揚げなんかもついてきてもう完璧だ。

俺は劇団からギャラが出ている身だが、基本、団員たちはバイトしたり、実家から仕送りをしてもらったりとカツカツの生活を送っている。

そのことを賢一郎さんも陽斗から聞いてよく知っているのか、まめに美味しい差し入れを作ってきてくれるので、正直ほんとうにありがたい存在だ。

そのことを思えば、ひつじの歯磨き練習を手伝うのも、まあ、なくはない。

「のんだ！　にかいいこ、なぎちゃん」

「わかった」

「行ってらっしゃい」

賢一郎さんが見送ってくれる中、俺とひつじは階段を上がって二階へと行く。

「まってて、いまはぶらしもってくる」

リビングのソファに落ち着くなりひつじが洗面所に走っていき、ちいさな子ども向けの青い歯ブラシと歯磨き粉を持って戻ってきた。歯磨き粉はメロン味だ。

「おまえメロン大好きだもんな」

「すきーだいすきー」

「……じゃ、今度うちの実家からメロンが送られてきたら食べさせてやる」

「えーやったー！　いつ、いつ」

「来年の夏かな。ほら、ええと、歯磨きだろ。いつもどうしてもらってるんだ」

「あのね、こう」

ソファに座った俺の膝に頭を乗せて、ひつじはあーんと口を開く。なるほど、このちいさな口の中を磨けばいいのか。

「ふふ」

俺と目が合うとひつじはなにがそんなに嬉しいのか、身をよじってにこにこする。歯抜けがマヌケな顔でやっぱり笑いそうだが、俺も大人なのでぐっと堪えてやった。

歯磨き粉は少なめにつけて、奥からきちんと磨いていく。一本一本、根元から。

「こういうふうにブラシを立てて、歯の根っこまでしっかり磨くんだぞ」

「んあ」

まともな返事ができない代わりに、ひつじはぴっと左手を挙げる。

「あ、……確かに奥のほうが盛り上がってきてるな。六歳臼歯かぁ……ちょっと早めなんだろうな。おまえも再来年は小学校一年生か。早いな」

「んが……」

ひつじが眉を曇らせるので、一回歯ブラシを抜いた。

「しょうがっこ、やだ」

「なんで。友だち一杯できるだろ」

「ゆうくんいるからいいもん」

ゆうくんというのは、保育園での仲良しだとか。なにかにつけて「ゆうくんとね、ゆうくんがね」と教えてくれるので、俺まで名前を覚えてしまった。

「なんか……やだ……なぎちゃんといっしょがいい」

「学校は結構いいところだぞ。いろんな勉強ができるし、給食が出るし。はい、もう一度口開く」

「あ、ん」

おとなしく口を開くひつじに、俺は淡々と言い聞かせてやった。

「こう見えても俺は結構学校が好きだった。とくに小学校はいま思い出すと一番楽しかった。給食が美味しい学校でさ、毎日楽しみだったな」

どんなの？　とひつじが目で訊いてくるので、「ハンバーグとか、きのこの炊き込みごはんとか」と当時好きだったメニューを教えると、ひつじは嬉しそうだ。

「きのこ、美味しいよな」

「ん！」

食の趣味が合うと話がしやすい。舌が肥えた賢一郎さんに育てられたんだから、ひつじもそれなりの味覚を持ってるんだろう。

「俺はきのこだったら炊き込みごはんが一番好きなんだ。シメジと白菜のシチューなんかも美味しい。鶏肉を入れて」

「おいひふぉ、ぉぉぉ」

美味しそう、と言いたいらしい。

「はい、今度はイーッてしてみろ。前歯磨くから」

子どもの歯はちいさくてなかなか手こずる。力任せにすると歯茎を傷つけてしまいそうだから、時間をかけて丁寧に磨いていく。歯が抜けた部分はとくにやさしく。

そのうちひつじも疲れてきたようなので、「よし、うがいしてこい」と言うと待ってましたとばかりに飛び起きて歯ブラシを持って洗面所に走っていった。

うがいをする音が聞こえてくる。

しばらくするとすっきりした顔のひつじが戻ってきて、「いー」と自分から歯を見せてくれた。

「うん、ピカピカだ」

「またしてくれる？」

「自分でやれっつうの」

「でもしちごさんはきてね」

「わかったわかった」

壁にかかったカレンダーを見上げると、その日まであまりない。

……俺もなんかお祝いをしたほうがいいんだろうか。頭を撫でるぐらいしか思いつかないけど。


七五三の日は朝から綺麗に晴れた。この日のひつじカフェは臨時休業にして、賢一郎さん、陽斗、そして主役のひつじに、いろいろ迷って一応グレイのスーツを着てきた俺という四人がカフェで朝九時に顔を合わせた。

そこにはもう、羽織袴《はおりはかま》を身に着けた勇ましいひつじが笑顔で待っていた。きりっとした紺色がメインで、「くるっとしてみ」と言うとひつじは一回転してくれる。背中は雄々しい鷲と軍配《ぐんばい》があしらわれ、花個紋の袴を合わせている。

「へえ……馬子《まご》にもいしょ……あ、すみません」

「いやいやホントのこと」

スーツ姿の賢一郎さんと陽斗が俺の本音に苦笑している。

「にあう?」

「似合う。着付け大変だったろ」

「くるしい。はやくぬぎたい」

口を尖らせるひつじだが、「格好いいじゃん。だめもんまんより格好いいぞ」と言うと、えへへと照れ笑いをしている。

「早いところ神社でお参りして、写真館で撮影してもらったら帰ってこよう」

「あめ、かってくれるんでしょ?」

「あめ? ああ、七五三の千歳飴《ちとせあめ》か」

俺が言うとひつじが「そう!」とぴょんと跳ねて俺にじゃれついてくる。

「こら、あまり暴れると着物が乱れるぞ」

「なおしてなぎちゃん」

「まったく……」

ぶつぶつ言いながら俺がずれた羽織を直してやると、そばに立つ陽斗が可笑しそうに笑う。

「俺よりすっかり凪原さんですね。ひつじくん、凪原さんまっしぐらだね」

「うん！　なぎちゃんだいすきだもん」

「まーたまた。どうせ小学校入ったら好きな子できるだろ」

「できないもん」

「保育園ではゆうくんがいるだろ」

「ゆうくんはおともだちだもん」

じゃあ、俺はなんなんだよ。なんだかんだと言いつつ部屋に上げてくれる近所の美形のお兄さんか。

「凪原くんはひつじにとって特別なんだよね、きっと」

楽しげに笑っている賢一郎さんに俺は軽く鼻を鳴らし、「もう行きましょうよ」と誘ってみた。写真館の予約もあるんだろうし。

「はいはい。そういうことにしときましょうか」

陽斗の言葉に俺はむすっとするが、すぐにかたわらのひつじに手を引っ張られた。

「いこ、なぎちゃん」

「……わかったよ」

慣れない袴で転ばれても困るし。とはいえ、カフェから神社までは賢一郎さんの車で行くことになっている。賢一郎さんが所有しているのは日産のセレナだ。ひつじを載せてあちこち行くんだろうから、荷物もたくさん載せられるミニバンは便利そうだ。

賢一郎さんが運転をし、陽斗が助手席に。俺とひつじは後部座席に座り、シートベルトを締めた。

「じゃあ、行こうか」

確かな手さばきでハンドルを回す賢一郎さんが駐車スペースから車を出し、大通りへと向かう。

「はぁ……くるしい……おなかすいた……」

ひつじが隣でふうふう言ってると、助手席の陽斗が振り返り、だめもんまんのチョコスナックを一つ差し出してきた。

「もうちょっと頑張ってひつじくん。これ食べて」

「わー、だめもんまん！」

五歳になってもひつじはだめもんまんの大ファンで、ひつじノートはなんと二十冊を超えている。この間、二十一冊目を一緒に開き、相変わらずあいあいちゃんをだめもんまんと一緒に貼ってご満悦だった。ストーリー展開がハチャメチャなのも相変わらずだが。

この調子で成人してもだめもんまんが好きだったらどうするんだこいつ。

……まあ、べつにそこまで俺も付き合うわけじゃないけど。

俺は初詣《はつもう》でと稽古前、芝居初日前には、かならず神社にやってくる。

神様に祈っている暇があるなら稽古をしとけという気持ちもないわけではないけれど、やっぱり保険はほしい。

ちょっと緊張した顔のひつじを連れて、まず手水舎《ちょうずや》で手と口を清めることにした。ちいさいひつじにやらせるのは難しいので、うしろに立って俺がひしゃくを持ち、左手、右手と水をしたたらせていく。それから俺の手のひらに水を溜め、「口ゆすいでみ」と言うとひつじはおとなしく口をつけてぶくぶくする。それからもう一度左手を清めてひしゃくを立てたら、終了だ。

お祓《はら》いの後に神主《かんぬし》さんに祝詞《のりと》を奏上してもらい、一連の儀式が無事に終わって外に出ると、平日ながらもひつじと同じような男の子たちが続々やってくる。

十五日は祝日じゃないから今年だったら十七日の日曜あたりにやるのが一般的なんだろうけど、時間に都合がつくひとはやっぱり当日に、と思うんだろう。どっしりした銀杏《いちょう》も鮮やかに色づいていて綺麗だ。

「はぁ……」

目に見えてLP《ライフポイント》が減っているひつじを急いで車に乗せ、今度は写真館へと向かった。デジタルカメラが当たり前になった時代で、中野の目立つ場所に写真館は一つしかない。そこで、賢一郎さんと陽斗、ひつじの三人で撮るのはいい。それはわかる。だってもう陽斗は賢一郎さんたちと家族みたいなもんだし、べつに誰も文句を言わないだろう。

けれど、スタジオの片隅でみんなを見守っていた俺に向けて、ひつじたちが「おいでおいで」と手招きをしたので慌てた。

「いや、これは記念写真でしょう。皆さんでどうぞ」

「きみだって大切な仲間だよ。せっかくだから一緒に撮ろうよ」

「俺も凪原さんとの写真ほしいです」

とどめに、ひつじが両手をこっちに向かって広げてきた。

「なーぎちゃん」

嬉しそうな瞳、甘ったれた声で呼ばれて、あーあ……と思う。

この声、逆らえない。

そばに近づき、「だっこ」とせがむひつじを仕方なしに抱き上げる。

「おまえ軽いなやっぱ」

「ひつじくんだもん」

ひょいっとさらってしまえそうな軽さだぞ。もっとたくさん食べてたくさん鍛えろ、なんていうアドバイスをしたいが、今日は晴れの日だ。

とりあえず胸の中にしまっといて、笑顔にするか生真面目にするか悩んでいる最中にひつじが強く抱きついてきて、突然、ちゅっと俺の頬にくちびるを押し当ててきた。

ふわふわした綿菓子がくっついたような、甘くてくすぐったい感触に思わず首を竦《すく》めてしまった。

「バッ、カ、おまえ！」

急速に顔が熱くなる。ひつじはいたずらが成功したみたいにくすくす笑っていた。

「ん？」

「んん？」

幸いなことに賢一郎さんたちはいまの一瞬を見逃したらしい。

俺一人が赤くなり、ひつじはふふっと弾むような声で笑い、「なぎちゃんだーいすき」とちいさく呟《つぶや》いて、もう一度抱きついてくる。

そういうのはな、おまえを愛してくれる賢一郎さんか陽斗にやれ。


ひつじが小学校に上がり、二年生になった頃には毎日のドタバタにますます拍車がかかった。

俺が劇団での稽古を終えた夏の夜八時頃、アパートに戻ろうとする途中、ひつじカフェの前をとおりかかると、「なぎちゃん！」と声がかけられた。

「かえってきたの、なぎちゃんおかえりー。おうちでなんか食べてって」

振り返れば、カフェの扉を開けたひつじがいる。七歳になってもひつじはまだまだ小柄で、やっと俺の腹あたりに届くぐらいだ。なんだかまだ幼稚っぽい。

「今日ね、ハンバーグシチューだよ。ハンバーグ。なぎちゃん、すきでしょ？」

「まあな。でも疲れてんだよ俺は。それにカフェもう終わってるだろ」

「食べたほうがいいってば。明日もおけいこでしょ？　ね、ね、来て来て」

ひつじが駆け寄ってきて手を掴む。その温かさに負けて、俺は稽古疲れも相まってふらふらとカフェに入っていった。

「なぎちゃん来た～！　ハンバーグ食べたいって！」

「おっ、いらっしゃい。凪原くん、最近遅くまで頑張ってるね」

「初日が近いんで」

「だよね、陽斗も連日遅いし。さあさあ座って。美味しいごはんを食べていって」

「いいんですか？　もう閉店してたんでは」

「今日はちょっと遅くまで残っていたお客さんもいたから。気にしないでどうぞ」

何年経っても若さを失わない賢一郎さんのやさしい声につい椅子に腰掛けてしまう。このひと、出会った頃から全然変わらないな。懐が深くて、いつでもツンケンしている俺にまで変わらず穏やかに接してくれる。陽斗、いい奴に愛されたよな。

俺はいまでも「北極星」の主演を務めている。なかなか俺を超えるスターが現れないのはまあ当然と言えば当然だが、ちょっと不安でもある。大丈夫かこの劇団。俺頼りだぞ。差し入れや花が贈られるのもダントツで俺――なんだけど、最近、コメディものでは陽斗がわりといい線をいっている。

劇団入団直後はシリアスもやりたいと息巻いていたが、いろんな芝居に触れるうちに、「俺にはコメディが合ってるみたいです」と噛み締めるように言っていた。「笑ってもらうの、すごく楽しくて」とも言っていたので、「大事だよな」と俺も返した。

あれは、陽斗が初主演の芝居がかかったときの打ち上げだ。シェイクスピアの喜劇「真夏の夜の夢」を下敷きにして主宰兼脚本の金井《かない》さんがさらにコメディに振った内容で、大受けに受けた。俺をメインにした公演の他に、「北極星」では若手を起用する実験的な芝居もちょくちょくやるのだ。

いたずら好きな妖精パックを演じた陽斗はアドリブも連発して、終始客を賑わわせていた。「真夏の夜の夢」は去年の夏だから、もう一年経ったのか。

シリアスで泣いてもらうのも難度が高いが、思わず笑ってしまうコメディというのはほんとうに難しい。間の取り方、声の張り方、ジェスチャー、表情すべてが組み上がっていないと、客には伝わらない。俺も初日と楽日《らくび》を見たが、ほんとうにノっていたと思う。陽斗の当たり役になるんじゃないだろうか。

……なんとなくなんだけど、これは俺の予感に過ぎないんだけど、陽斗、この一、二年でべつの劇団に行くんじゃないかな。「北極星」で伸びていく方法ももちろんあるが、うちはやっぱり俺のシリアスを柱としている。コメディもたまにはやるが、それを主軸にしている劇団のスタッフらしき人物がここ最近陽斗目当てなのか、ちょくちょく芝居を観に来ていることに俺は気づいていた。単純に、ライバル劇団の芝居を楽しみに来たという向きもあるだろうが、それにしては毎回同じ顔だし、役者というよりスタッフ側の人間だ。

いわゆる、引き抜きが近々来るんじゃないだろうかと思う。

そのときが来たら、俺はべつに引き留めたりしない。陽斗には陽斗のよさがあって、もっと多くのライトを浴びるべきだと判断しているからだ。

それはそれとして、初日が近づいている俺の芝居は久々の悲恋だ。

幼い頃から親しかった男女同士が大人になるにつれて恋心を意識していくのだが、男はどうしても勇気が出せずに告白できない。そして彼女もいまの心地好い関係を壊したくなくて、互いに気を遣ってしまう。そして、女性が女友だちと旅行先で不慮の事故に遭い、突然亡くなってしまう。男は取り乱し、通夜に駆けつけると遺族から一通の手紙を渡される。

そこには、「大人になったまーくんへ」と丸っこい少女らしい文字が書かれている。それは、彼女が小学生の頃に書いたラブレターだった。

大人になったら告白してね、一緒にずっといようね、私たち結婚しようね。

可愛い文字で書かれた言葉を実現できずに男は泣き伏すが、亡くなる直前に家族に送られたというメールも見せてもらう。

そのメールには、「旅から帰ってきたら今度こそ自分に素直になって彼に告白します」とあった。

「あの子は、最後までちゃんとあなたを好きでいたんですよ」と泣き笑う遺族に、「忘れないであげてね」と言われ、涙ながらに頷く。

これが最初で最後の恋だ。自分が息を引き取る間際まで彼女への愛を貫いていく――という、いまどきめずらしいぐらい純愛だが、「北極星」はこの路線が受けるのだ。

そもそも、夜空にぽつんと一人で輝く星になぞらえて、うちの劇団は「北極星」と名付けられた。他の星には仲間がいるけれど、北極星は一人で孤独に輝いている。だけど、その強い輝きだけに誰からも目印にされる存在だ。

「たった一度のラブレター」という名の芝居に打ち込んでいる俺は、終盤で彼女の死を知り、脱力していく場面に自分がなかなかハマれないことに苦心していた。金井さんは「十分できてると思うけど」と首を傾げていたが、なんというか、上っ面で演じている気がしてならない。

「なーぎちゃん、ハンバーグシチューだよ。あっちのソファでひつじくんと食べよう」

カウンター席で物思いに耽っていた俺に、ひつじが声をかけてくれる。

「ひつじ……学校でも自分のことひつじくんって言ってるのか？」

「う、ううん……あの……ぼ、ぼく、って言ってる……」

ひつじがぽっと頬を赤く染める。

「マジかよ。じゃ、いま言ってみ。言ってみ」

「やだ。なんかなぎちゃん絶対わらいそうだし」

むう、と口を尖らせる顔に笑い、ソファ席に一緒に移った。

ローテーブルに座り心地のいいソファは人気の席で、ランチタイムはいつも誰かが座っている。

ひつじ型のクッションがいい肘掛《ひじか》けになって、一度腰を落ち着けるとなかなか立つ気にならない。

ひつじがハンバーグシチュー、サラダ、カップスープ、ライスと運んできてくれた。それから自分のぶんも。

「まだ食べてなかったのかおまえ」

「だってぇ、なぎちゃんと食べたかったんだもん。昨日もおとといも会えなかったから今日待ってた」

「今日は絶対凪原くんと食べるって頑張って待ってたんだよ」

賢一郎さんが笑いながら教えてくれ、コーヒーを淹れてソファの向かいに座る。

「陽斗は？　俺より先に帰ったはずなんですけど」

「うん、上でもう寝てる」

「そうなんですか。最近朝も早いですしね」

ひつじより先にバテたという陽斗を思って微笑み、熱々のハンバーグシチューを切り分けていく。暑い夏にしっかり熱いものを食べるのは大事だ。身体の芯が冷えるのは役者にとって命取りだし。コンソメのカップスープにはクルトンとパセリが浮いていて、いい香りだ。

「やっぱり賢一郎さんの料理は最高です。陽斗、しあわせ者ですね」

「だよね。……だと思いたいんだけど……」

めずらしく言葉を濁す賢一郎さんに、「どうしました？」と訊いてみた。

「……あとでちょっとだけ話を聞いてくれるかな？」

「俺でよければ」

「えーひつじくんも聞きたい。なになに」

「ん、おまえにはちょっとまだ早いだろうから、ほらほらハンバーグ冷めるぞ」

「あ、あ、ん。ねえなぎちゃん、あーんして」

いくつになっても甘え癖が抜けないひつじに、俺もついつい釣られてちいさめに切り分けたハンバーグを口に運んでやってしまう。

「ふふ、ひつじは凪原くんにぞっこんだなぁ」

「ぞっこん！　てなに？」

「お熱……ええと、大好きなんだなってことだよ」

「もう、賢一郎さん、からかわないでください。ひつじがマジになるから」

「まじになる〜なるなる〜なぎちゃんだいすきだもん！」

うまい具合に話が逸《そ》れてほっとし、二人で綺麗にハンバーグシチューを平らげた。その頃にはもう九時半を回っていて、ひつじはふああとあくびをしている。頑張って俺をずっと待っていたからだろう。

「ひつじ、もう歯を磨いて寝なさい。上に陽斗がいるし」

「うん、わかった……はるちゃんと寝る……ねえなぎちゃん。帰る前にちゃんとひつじくんにバイバイしてってね」

「わかったよ」

名残惜《なごりお》しそうにすがりついてくるひつじの頭をぽんぽんと撫で、「おやすみ」と送り出した。

とたとたとちいさなひつじが二階へと上がっていく。

賢一郎さんが、あらためて紅茶を淹《い》れて席に戻ってくる。ミルクティにして、少しだけ砂糖を混ぜ込んで。

「どうしました？」

「いや、……じつはひつじのことなんだけど……」

言いづらそうに賢一郎さんが両手でカップを包み込み、軽く開いた両膝の間に落とす。

「この先、俺と陽斗で、ひつじを育てていこうと決めたんだ。その、同性だけど、パートナーとして」

「よかったじゃないですか。当然そうなるもんだって俺も思ってました。そこになにか問題が？」

もう何年も彼らを見ている立場としてはいまさら驚くことじゃない。

「あの子には、実の父親がいるんだよね。生みの母——俺の姉はもう亡くなってしまったけど、父親は生きてる。仕事の鬼でね、自分の会社を持っている。ひつじには最初から興味がなかったひとなんだ。なんだけど、二年前に再婚したらしくて、で……子どもができないとかなんとかで、うちのひつじを跡取りとして引き取りたいって言ってるんだ」

「は？　なんですかその勝手な話。ひつじをずっと育ててきたのは賢一郎さんじゃないですか」

あまりにも一方的な言い分に憤ってしまう。なんだそれ、ひつじはモノじゃないんだぞ。

人間関係のいざこざは面倒で、劇団で相談を持ち込まれても取り合わない俺だが、賢一郎さん一家はやっぱりちょっと違う。あんなに賢一郎さんと陽斗に懐いているひつじがいまさらべつのところに行けるわけないじゃないか。

「でも、相手も譲らないんだよね。実の父親なんだからよこせって強情に言い張って」

「親権はどうなってるんですか」

「……あの子の母、つまり俺の姉が亡くなったとき、直前に親族で話し合いがあってね。いまは一応、うちの叔父に親権が渡っているんだ。俺たちにはもう両親がいないからね。でも俺はいずれひつじを養子にして、自分の子として育てていきたいと思ってる。叔父もいい年だし」

「だったら問題ないじゃないですか。法律上でもあっちにはひつじを奪う権利はないんでしょう？」

「まあ、そうなんだ。でもさ、なかなか手強くて。毎日叔父に電話をかけてきては、巧みに説得してるらしいんだ。『私の元で育てれば絶対に安全だし、高度な教育も十分に受けさせてやれる。羊介の言うことならどんなことでも叶える』ってね。俺はこうしてちいさなカフェを開いている身で、ひつじの父はかなりの規模の貿易会社社長だしね」

「でも確か賢一郎さんの叔父さんって不動産業でしょう。こう言っては失礼ですけど、暮らし向きはいいほうなのでは？」

「そこはそうなんだよね。この家を預けてくれたぐらいだからさ。ただ……、『幼いひつじには母親が必要だ』って……これは結構きついなと思った」

賢一郎さんがため息をついた。

それは――確かにきつい。

上の階のリビングにはひつじが描いたたくさんのカラフルな絵が飾られている。そこにはクレヨンで描いた男のひと、女のひと、そして子どもの三人。最近は男のひと二人、子ども一人の絵もずいぶん多くなったので、なにかのきっかけで訊いたのだった。

『誰を描いたんだこれ』と。

『ままと、けんちゃんとひつじくん。ままはね、くものうえからひつじくんたちをみてくれるんだって。こっちはね、けんちゃんとはるちゃんとひつじくん』

にこにこしながら、最新の絵を指して、『これはひつじくんとなぎちゃん！』と身長差がありすぎる二人の男子を描いた一枚を見せられて思わず噴き出したのだが……ひつじも母親がいない寂しさを感じる夜はあるのかもしれない。

でも、賢一郎さんだって陽斗だって、目に入れても痛くないほどひつじを愛しているじゃないか。

ひつじはああいう性格だし、外野が言うよりも本人はあまり気にしていない可能性もある。

おかあさんはくものうえ。

そうやさしく言って、ぐずって泣く夜も賢一郎さんと陽斗が抱き締めてくれることを、ひつじは知っているはずだ。

「気にすることないですよ。そんな押し付けな母親、こっちから願い下げです」

強気に言うと、賢一郎さんはにこりと笑い、「頼もしいな」と呟く。

「ありがとう……そう言ってもらえると少しは気が楽になる。ひつじはほんとうに天然な子でね、俺や陽斗を慕ってくれている。亡くなった姉を思い出してときどき泣くこともあるけど、そういうときはきまって俺たちに抱きついてくるから、ギュッと抱き返すんだ」

強いハグは、家族でも大事だ。愛しているよ、大丈夫だよ、ちゃんと見守っているよと言葉で伝え合うのは恥ずかしくても、手を握ったり、軽く抱き締め合ったりするだけでも十分に気持ちは伝わるんじゃないかと俺も思う。

「ただ、水商売的な俺たちよりも、社長の子息として育ててもらったほうがいいとうちの叔父も思うようになるかもしれない」

「そんな」

そんなのってないだろ。確かにカフェ経営は客足次第で変わってしまうものだからけっして約束された暮らしではないかもしれないが、会社経営だっていつ傾くかわからない。だいたい、そんな身勝手な理由でいまさらひつじをほしがるのが俺には許せない。

「ひつじにはもう話したんですか」

「ううん、まだだよ。やっぱり驚くだろうし、あの子も意外と繊細なところがあるからね」

ひつじに繊細なところ……過去の思い出を振り返るとうむと唸《うな》りたいが、まあ、そういうことにしておこう。ここで変に話をややこしくすることもない。

「陽斗には？」

「相談した。もうだいぶ前から持ち込まれている話で……あの子が三歳の頃からかな？　ずっと話を逸らし続けてきたんだけど、あっちもどんどん強引になってきてね。一日でも早く答えを出せと譲らない。ひつじがまだちいさい頃に引き取ってしまったほうがいいと思ってるんだろうね」

「……そのほうがいろいろ刷り込みやすいですからね」

自分でも意地悪な声になっていると気づく。たとえば、ひつじが三歳のときに実父に渡されていたらどうなっていただろう。俺はご近所さんになることもなく、一緒に七五三だって祝うこともなく、いまもストイックに役者道を突き進んでいただろう。

でも、それで面白かったかどうかと己に問うと、すんなりと答えは出てこない。

ひつじの世話に付き合っていなかったら面倒なことにはなってなかったと思う。もっとシンプルに生きられたとも。

実際、三歳のひつじに梅の湯で出会う前の俺は芝居一筋でやってきた。北海道の実家はメロン農家で、もう弟が継いでくれると決まっているけれど、自分の意思で飛び出した実家を頼ったらダメだという考えが頭にあった。

だから、ずっと一人で生きてきた。

そんな俺にひつじは全力でしがみついてきた。銭湯で。

めんどいなこいつ、しつこいな、といろいろ文句を言ってきたけれど……面白いと思う部分だってあったから付き合ってきたんだ。

いまさら引き取るとか勝手に言うな。

「あ、あの、凪原くん、顔が怖いよ」

「ああ、すいません。ちょっと腹が立って」

考えれば考えるほど苛々《いらいら》してくる。ひつじを跡継ぎにしたいから引き取りたいって、どんだけ自分勝手なんだよ。跡継ぎがほしいなら自分の会社の中から有能な奴を選べばいいじゃないか。家族経営にしたって失敗することだって大ありなんだし。

「俺は嫌ですね」

鼻息荒く言うと、賢一郎さんはちょっとぽかんとしてから、はは、と気が抜けたように笑い出す。

「きみがそんなに怒ってるところ、初めて見たよ。ひつじのこと、想ってくれてる？」

「あ、いや、なんつうか、独断的に誰かの人生を決めつけるのは嫌なだけですよ。だいたい、ひつじが自分で判断するならまだしも、良し悪しの区別がつかないうちに引き取りたいっていうのが言語道断《ごんごどうだん》です」

「うん……そうだね。そうだよね。……ありがとう、そう言ってもらえて俺も腹が決まったよ」

こくりと頷き、賢一郎さんは紅茶を飲み干す。

「なにがあってもひつじは俺と陽斗が育てていくよ。叔父ともちゃんと話す。ひつじの父親の甘言に揺らされないようにって」

「そうしてください」

「頼もしいな凪原くんは。その勢いでこれからもひつじと仲よくしてください」

ぺこりと頭を下げられて、ちょっと慌てた。大げさだ。俺なんかべつにたいしたことはしてない。年上の男に頭を下げられる構図にそわそわし、「もうそろそろおいとまします」と腰を浮かした。

「ひつじの様子見てから、帰ります」

「うん、ぜひ」

破顔一笑《はがんいっしょう》する賢一郎さんに見送られて、俺は静かな二階へと上がっていった。

てっきり大きな寝室のほうで陽斗と一緒に寝ているのかと思ったら、いない。

「ひつじ……?」

だとすると、自分の部屋だ。

小学校に上がったときからひつじは自分の部屋を与えられ、そこで寝るようになったらしい。でも、いまもときどき夜中に賢一郎さんと陽斗の間にもぞもぞもぐり込んでくるのだとか。二人して、『ひつじくん、あったかいからすぐわかる』と顔を見合わせて笑っていた。

私室の扉を開けると、中はほんのり明るい。壁に取り付けられたちいさな猫のランプがやさしく灯りを投げかけているのだ。こういうところが、まだまだ子どもなんだなとちょっと微笑んでしまう。俺なんか部屋には遮光カーテンを引いてしっかりと闇にしないと眠れないたちだが、ひつじにはまだ灯りが必要なのだろう。

子ども用のベッドで、ひつじはぬいぐるみを抱き締めてすうすうと眠っていた。顎の下に幼い頃から親しんでいるひつじのもこもこぬいぐるみを当てて、右手の親指は口元に近づいているが、さすがに指しゃぶりの時期は卒業したようだ。穏やかに冷房を効かせている室内でタオルケットを剝いでいるひつじに苦笑し、静かにベッドに腰掛けて上掛けを引き上げた。

「ん……」

ぴく、と薄くひつじの瞼が動くが開かない。

「ちゃんと寝ろ、おまえは」

いつもみたいにくしゃくしゃと髪を撫でてやると、ひつじは心地好さそうに、くふんと鼻を鳴らして身体ごと擦り寄ってくる。夢の中でも俺に甘えているのかこいつ。

ま、いいけどさ。夢の中の出演料はロハだし、俺がいい役で出ているとは限らない。しかめ面ばかりしているうるさい男その一、みたいな配役かもしれないし。

「……てぇ……」

投げ出した左手が俺の手と重なって温かい。

「ん？」

なにやらむにゃむにゃ呟くひつじのかすかに開いたくちびるに耳を寄せる。

「……いっしょに……いて……」

賢一郎さん宛てか。陽斗宛てか。おまえを大事にしてくれるひとはちゃんといるから安心して寝ろ。大きくなるまでそのままでいろ。天真爛漫《てんしんらんまん》で甘ったれなちびを必要としているひとが大勢いるんだ。

絹糸のような睫毛《まつげ》が頬に薄い影を落としているのを見て、俺はもう一度頭を撫で、「おやすみ」と声を落とし、腰を上げかけた。

指先が、きゅっと握られた。

俺を引き留めるように。


数日後の夕方、俺は早めに稽古を切り上げてアパートへと急いでいた。なんだか身体の調子が悪い。もしかしたら、夏風邪を引いたのだろうか。というか確実にそうだろうな。

ちょっと前から団員たちの間で風邪がはやっていて、まめにうがいや手洗いをしていたのだが、とうとう俺にも順番が回ってきたようだ。この間陽斗が稽古からすぐ戻って寝付いたという話も、あれたぶん風邪だよな。二日ほど大事を取って休んでいた陽斗は昨日から元気いっぱいに参加してきたが、今度は俺のほうが稽古中にふらふらしてしまった。

「凪原さん、大丈夫ですか」

よろけた俺をとっさに支えてくれた陽斗が急いで額に手を当ててきて「熱い」と驚く。

「俺たちの風邪が移ったのかも」

「マジかよ……初日まであと五日しかないんだぞ」

稽古もいい感じにまとまってきて、団員たちの士気も上がっているさなかに抜けられるか。だけど、一度意識すると猛烈に悪寒がこみ上げてきて背中がぞくぞくし、頭もぐらぐらしてくる。くしゃみの一発でもしようものならみんながビビって逃げ出すだろうから、こほんとちいさく咳払いして、俺は取り急ぎ稽古場の隅に置いていた荷物をまとめ、デイパックの中からいつも使っているマスクを取り出して装着する。金井さんや演出家たちはすでに帰ったあとだから、いまから自主練するつもりだったんだが。

「悪い。ちょっと早退けする。あとのこと、任せてもいいか」

「わかりました。送らなくて大丈夫ですか？」

「んなのいらねえって。なんだったらタクシーで帰る」

「じゃあ、せめて自宅に着いたらメールください。絵文字一個だけでもいいから」

「……了解」

陽斗の温かいお節介が嫌じゃないなと最近思うから、俺も毒されたもんだ。

他の団員たちにも心配されながら俺は稽古場を後にし、意外にも涼しい風が吹いていたことで自力で帰ることにした。稽古場から自宅アパートまでは三十分ほどだ。そのぐらいならまああ大丈夫だろう、夏だし。

よろめき、咳き込みながらうつむいて帰路に着く。身体が重くて、アスファルトに靴底を擦り付けてしまうような歩き方になってしまう。いつもは胸を張って向かうところ敵なしという平然とした俺でもウイルスにやられたら弱い。やっぱり無理せず、タクシーで帰ろうか。

商店街を抜け、学校の脇を通り、ちいさな公園の前に差し掛かったときだった。

まだまだ明るい夏の夕暮れ、公園では子どもたちが楽しげに遊んでいる。その歓声に釣られて横を見ると、子どもたちの中に覚えのある姿を見つけた。

小学二年生にしてはちっこい奴。明るい茶色のくるくる巻き毛は年々落ち着いてきたが、たまに寝癖みたいに豪快に撥ねているときがある。

「あれ……？　ひつじ……？」

公園に入って左側の四阿《あずまや》にひつじがいた。ゆうくんと遊びに来たのか？　ちょっと声をかけてから帰るかと足を向けたところで、ギョッとした。

ひつじの隣にはスーツ姿の男性が座っており、親しげに身体を寄せていたからだ。

なんだ、あいつ。なんなんだ？　変質者か？　いや、小学校の先生だってこともある。知り合いの親とか。

「……じゃ、行こうか」

「え、……え、けんちゃんたちにあいさつしないの？　このまま行くの？」

「このまま行ったほうが迷惑はかからないよ。必要なものはあとで取り寄せるし、いくらでも私が買ってあげるから」

「でも」

迷い悩んでいるひつじの声が夕風に乗って届いてきて、俺は熱を出しているのも忘れて走り出していた。

「ひつじ！　ダメだ行くな！」

「なぎちゃん⁉」

びっくりした顔でひつじが立ち上がる。スーツの男が目を瞠り、ひつじを背に回そうとしてじたばたもがいている。

「あんた、なんなんだ。誰なんだ。ひつじをどこに連れてくつもりだ」

「そんなことときみに関係あるのか」

「あるよ。ひつじは俺の――」

言い終えないうちにひつじがぎりぎり手を伸ばしてきたので、ギュッと摑んで引っ張った。すぽんと抜けたひつじがよろめいて、俺の腰にしがみついてくる。

「なぎちゃん……！」

「不審者かよ。警察呼ぶぞ」

頭に血が上ってつい七分袖のシャツをまくり上げ、拳《こぶし》を握る。それを見るとスーツの男はさあっと青ざめて後じさった。

「ち、違う、勘違いだ、私はその子の」

「なぎちゃん、待って、そのひと……ひつじくんの……パパ……」

「——は？」

どういうことだ。父親がわざわざ乗り込んできてひつじをさらおうとしたのか。

ひつじがさらわれるどころじゃない、連れていかれる。

いなくなると思ったらいきなり全身から血の気が引く。二度と会えないんじゃないかと想像しただけで、くらくらしてくる。

「勝手に連れ帰るつもりだったんですか？　賢一郎さんの了解も得ずに」

「きみに……どういう関係があるんだね。この子は私の実子だ。連れ帰っても文句はないだろう」

「あんたに親権はないはずでしょう」

「なんでそんなことを知ってるんだ」

男がハッとしたように目を瞠る。俺と同じような体格、身長で、四十代後半だろうか。賢一郎さんから話を聞いていたときは厚かましくて図々しい男だと想像していたのだが、目の前にいるのはちょっと違う。眼鏡をかけ、全体の線が細い。どことなく気弱そうに見える。

「賢一郎さんに話はとおしてないんですね？」

念を押すと、男はしばし逡巡《しゅんじゅん》し、やがて観念したようにこくりと頷いた。そして俺の背後にいるひつじをじっと見つめ、「この子を……うちに連れ帰らないといけないんだ」と力なく呟く。

「ひつじはモノじゃないですよ。そんなの実の父親のあんたが一番わかってるでしょうに。いまさら会社の跡継ぎがほしいからってひつじを連れていくなんて勝手すぎる。再婚したんでしょう？　だったらそっちでうまくやってくださいよ」

「それは、できない」

へなへなと腰を下ろし、ひつじの父は両手で頭を抱える。ひつじは俺にしがみついたまま、そろそろと様子を窺《うかが》っていた。

「新しい子はもうできないんだ。病気をして、私に、その、力がなくなってしまったから……」

「あ……」

さすがにそこは俺でも察した。

病にかかって、精子を作り出せなくなってしまったということだろう。

「だったら、養子を取るとか」

「血の繋《つな》がっているひつじがいるのに？」

「ひつじくん、なぎちゃんとけんちゃんとはるちゃんがいい」

必死に言い募るひつじに、男は情けなさそうな目をする。いまにも泣き出しそうだ。

「ああ、……帰ったら妻にどやされるだろうな。それでもあんたは会社の社長なのかって……私はどこに行っても嫌われ者だ」

待て待て待て。いきなりお涙ちょうだいか。三文芝居でもあるまいし。

とはいえ怒るに怒れず、俺はしっかりとひつじの肩を抱き寄せながら、彼と間合いを取って四阿のベンチに腰掛けた。

「どういう事情があるか知りませんけど、ひつじの親権は賢一郎さんの叔父さんにあるんだし、いずれは賢一郎さんが養子にすると言ってました。あんたがどう画策しようと無理ですよ」

「……養子か……賢一郎の……」

ぽつりと呟いた男は、両手に顔を埋めた。

「そうだよな、……そうだよな……いまさら私の子にはならないよな……父親らしいことは一つもしてこなかったし、仕事にしか意識が向いてなかった。妻が病死したときだって私は海外に出張していて……帰ってきたときにはすべてが終わっていた。……それでも、悲しみはあったんだ、私にも。妻の面影を残しているひつじを見るのがつらくてたまらなくて、賢一郎に押し付けるようにして別れてしまった。でも、いまになってどうしても会いたくなって……」

「跡継ぎにほしいから、でしょう?」

意地悪く言うと、男は首を横に振る。

「ほんとうにひと目会いたかったんだ。大きくなったひつじに……元妻の面影が残るこの子に。

「……羊介、もう一度……これが最後のお願いだ。パパのところに戻ってこないか。おまえの言うことはなんでも聞く。新しいお母さんもやさしいよ」

涙目の男に、ひつじは慎重に瞬きを繰り返している。

「……行かない……けんちゃんたちといる……」

「ほんとうにいまよりずっといい暮らしになるぞ？　なんでもおまえの願いどおりだぞ」

「なぎちゃんといっしょにいたい。パパは、もう遠い……ひとだから」

きゅっと腕にしがみついてくるひつじを抱き寄せ、「諦めが悪いですよ」と俺はため息をついた。

「あんたの新しい奥さんが鬼嫁なのかどうか知らないけど、大きい会社なんだから有能な社員はいくらでもいるでしょう。そこから後継者を選んだらどうですか。そのほうがずっと平和だ。そもそもひつじは社長の器《うつわ》じゃないし」

「なぎちゃん、もう」

こんな場なのにひつじがむうっと顔を曇らせるので苦笑してしまう。

「言葉のアヤだ。悪く思うな。——そういうことです。お引き取り願えませんか。このまま引き下がらないようなら賢一郎さんも呼びますよ。ついでに警察も」

「け、警察沙汰は勘弁してくれ。おおごとにはしたくない」

男がさっと青ざめる。

保身に走ったあたり、結構小物だな。でんとしているひつじとは大違いだ。おまえ、お母さん似なのかもな。

男は力なく立ち上がり、よろよろと頭を下げた。

「……すまなかった。もう、二度と来ないよ。遠いひと、なんだな私は。……ひつじ、もうパパに会えなくなっても寂しくないのか？」

ひつじがじっと見上げている。

「子どもにそういう質問は卑怯《ひきょう》ですよ」

往生際の悪い男に釘《くぎ》を刺す。

「この子には賢一郎さんがいます。いいパートナーもいます。俺もいます」

「なぎちゃん……」

「安心してお家にお帰りください。そして、二度と現れないように。次もしこんなことがあったら、ただじゃ済みませんよ」

ドスを利かせると、男は慌てふためいた顔で背を向け、そそくさと公園を出て行った。

なんだ、思ったよりケツの穴のちいさい奴じゃん。馬力出して損した。

「なぎちゃん……」

向き直ってひつじと同じ目線にしゃがみ込み、肩を摑む。

「大丈夫だったかひつじ。怪我とかしてないか」

「だいじょぶ。でも、なぎちゃんの手、熱いよ。熱あるの？」

指摘された途端、全身にどっと汗が噴き出してくる。頭がガンガン痛み出し、よろめいてしまう。崩れるようにベンチに寝そべると、ひつじが慌てた顔でそばに膝をつく。そして額に手を当ててきた。

「熱い……なぎちゃん、熱ある。待ってて、すぐけんちゃん呼ぶから」

「……わざわざ悪いって」

「電話、あるから」

ああそうか。最近は子ども用の簡単な携帯電話があるのか。

「待っててねなぎちゃん、いま助けるからね」

真剣な顔で、ひつじは首から下げたおもちゃみたいな携帯電話を弄り、「もしもし？　けんちゃん？　大変なんだ、なぎちゃん熱があって公園から動けないの」と急いた声で喋っている。

俺はぐんぐん上がる熱の中、ぼうっとしていた。手にも足にも力が入らない。ここから一歩も動けない。

考えるのはさっきのひつじの父親のことじゃなくて、五日後に迫った初日のことでもなくて、――ひつじ、おまえいつの間にか結構喋れるようになってたんだなあ……。

そこで薄い膜が頭の中に幾重にも下りてきて、蕩けて、白くなって、ふうっと煙のように俺の意識は溶けていった。

「……ん」

目が覚めぐらりと視界が揺れる。次に喉の渇《かわ》きを覚える。

ぱちぱちと瞬きしたが、見覚えのない天井だ。ここ、どこだ？

そうっと身体を起こしてあたりを見回し、驚いた。

「ひつじ……」

床に敷いた布団に俺は寝かされていて、隣にはパジャマ姿のひつじがもぐり込んでいた。熟睡しているらしく、すうすうと穏やかな寝息が聞こえてくる。俺も覚えのないパジャマを着ていた。背中が汗でびっしょりだ。

ここ、ひつじカフェの二階か。ひつじの部屋か。

振り返ると、枕元にはポカリスエットとゼリー飲料が置いてあったので、ふらふらとそれを手に取り、喉を潤《うるお》す。

「……っはあ……」

カラカラになった喉をなんとかなだめたところへ、「……凪原さん？」と声が聞こえてきた。

扉の隙間から、陽斗が顔をのぞかせている。

「おう……なんだこれ、どういうことだ」

「少しはよくなりましたか」

低い声で囁《ささや》き、陽斗が室内に入ってきて俺の腋《わき》に体温計を挟ませる。ぴー、と鳴った体温計を取り出すと、三十七度二分。

「よかった……一時は三十八度五分まで上がったんですよ。お医者さんの往診が効きましたね」

「医者……なんて来たのか、わざわざ」

「賢一郎さんが呼んでくれたんです。というか、公園からひつじくんが電話をくれて、俺たちが迎えに行ってひとまずここに運び入れて、ひつじくんのかかりつけのお医者さんに来てもらったんですよ。夏風邪だそうです。あと過労」

「は……ざまあねえな。てか、いま何日だ。何曜日だ」

気色《けしき》ばむ俺に、「大丈夫です」と陽斗は微笑む。

「あなたが寝込んでいたのは丸一日です。初日は四日後ですよ。一応、明日までは大事を取って休んだほうがいいです」

「でも……」

「凪原さんならもう台詞《せりふ》は全部入ってるでしょう?」

「そうだけどさ……」

はぁ、とため息をついて、俺はもう一本ポカリを飲む。今度は合間にゼリー飲料も。

「……腹減った……」

「はは、それならすぐ元気出ます。いま夕方の四時だから、おかゆでも作りましょうね。賢一郎さんにもあなたが目を覚ましたって伝えてきます」

「なあ、陽斗」

「なんです？」

「こいつ、ずっと俺の隣にいたのか。風邪移るだろうに」

「そう言ったんだけど、絶対そばを離れないって聞かなくて。ひつじくんが頑固なの、凪原さんもよく知ってるでしょ。いまのところ大丈夫です。少し前にひつじくんの友だちの間で夏風邪がはやってて、ちょっとは免疫ついてると思うし」

そんなんでいいのか。

「とりあえずパジャマ替えましょう。俺のだけど、洗ってあるから。汗びっしょりでしょう。背中拭きますよ」

「……悪い」

かいがいしく世話してくれる陽斗に礼を言い、気持ちいいパジャマに着替えてほっとひと息つく。

陽斗は嬉しそうな顔で賢一郎さんに俺が起きたことを報告しに階下へと下りていった。とんとんと軽快なリズムで階段を踏んでいく音が遠ざかっていき、俺はかたわらのひつじを振り向き、そっと額に手を当ててみた。

熱は、ない。大丈夫みたいだ。

一瞬でもひつじを失うかもしれないと思ったときの恐怖感を思い出し、その髪に触れていた。

なんで俺がこんなことを思うんだよ。ひつじ、おまえは俺のなんなんだよ。ただのもこもこだよな。

でも、そのもこもこが俺のそばからいなくなるかもしれないとなったとき、俺は怖くなった。いくら俺とおまえが親しいからって、実の親には勝てない。賢一郎さんの叔父さんが親権を持ってくれていなかったらどうなっていたことか。

……二度と会えなかったのかもしれない。

こうして、触れることも叶わなかったのかもしれない。けっして。

そう思うと、いまここにひつじがいるのは奇跡だ。

おまえを守るつもりでいたのに、おまえのほうが俺を守ってくれたんだな。

「……ひつじ」

ふいに、いま稽古中の終盤で引っかかっている心情がすとんと胸に落ちてきた。「たった一度のラブレター」という芝居で俺は愛する彼女の死を知り脱力するのだが、失うというのはこんなにも怖いことなのか。顔も見られない、手も握れない、なにより声が聴けなくなる——そんな場面に俺も追い込まれていたのかもしれない。

じわりと目元が熱くなる。

まだ七歳のおまえに守ってもらうなんて、俺も不甲斐ないよな。ごめん、マジでごめん。でも。

「……なぎちゃん……？」

ぱちっと目を覚ましたひつじがうごうごと身を擦り寄せてきて、「熱……下がったの？」と訊いてくる。俺は急いで洟《はな》を啜《すす》る。

「もう大丈夫なの……？」

「うん、医者が来てくれたんだってな。ひつじ、おまえのおかげだ。その……助かった」

「えへへ」

照れくさそうに笑うひつじが俺の脇腹に顔を埋めてくる。

「よかったぁ……ひつじくん心配したんだよ。けんちゃんたちが来るまで、ぜったいなぎちゃんを守ろうとおもってた。ひつじくん、助けられた？」

「ああ、だめもんまんよりすごい」

「えーだめもんまんのほうがすごいよ」

「おまえのほうがすごい」

「ほんと……？」

ふふ、ふふ、と繰り返し嬉しそうに笑うひつじがぎゅうぎゅうと抱きついてきて苦しいが、突き放す気分ではない。

そうこうしているうちに賢一郎さんが上がってきて、おかゆの載ったトレイを差し出してくれた。

「お疲れさま、凪原くん。劇団には陽斗から連絡してあるから心配しないで。ひつじ、下で陽斗がアイスを出してくれるから食べておいで」

「わかったー。なぎちゃん、お薬飲んでまた寝てね」

「うん」

ひらひらと手を振ってほっそりした背中を送り出す。

「このたびはほんとうに——ありがとう」

正座した賢一郎さんが両手をついて頭を下げてきたので、びっくりした。

「やめてくださいよそんなの、たまたま出会《でくわ》せたから止めただけですよ」

「でも、きみがいなかったらひつじは連れていかれるところだった。まだ子どもだし、あちら側でうまく言いくるめられたらと思うと……正直、震えが来る。体調が悪かった凪原くんが身体を張ってくれたおかげで、ひつじはうちの子でいられるよ。ほんとうにありがとう」

もう一度深々とお辞儀をし、賢一郎さんはほっと息をつきながら晴れやかに笑う。

「じつはね、きみが寝込んでいる最中に話はついたんだ」

「ほんとうですか。あっちのひと、諦めました？」

「うん……ひつじ、『パパは遠いひとだから』って言ったんだってね。意味がわかっているのかどうか定かじゃないけど、本心ではあるんだろうと思う。それで、これ以上無理強いをしてもうまくいきそうにないってことで、ひつじを引き取ることは諦めてくれたよ」

「そうですか……よかった。また忘れた頃に『やっぱりうちに』とか言い出さないでしょうね」

「ふふ、きみもそう思うよね。俺も同じことを考えたから、昨日のうちに急いで本人と会って、一筆書いてもらった。ひつじの意思なしに会わないこと、とね。ひつじが会いたかったら会いに行けばいいと思うんだ。いまはもしかしたらまだ曖昧で事実を事実として呑み込めてないかもしれないけど、自分のほんとうの父親が誰か知りたいってなったとき、会いに行ける準備があるよってことは言っておきたいんだ」

「ひつじのお父さんは、賢一郎さんと陽斗だと思います。ほんとうも嘘もなくて、二人がひつじのお父さんです」

熱はまだ下がっていないが自信を持って言った。ほんとうにそう思うから。

「きみには泣かされてしまうな。さすが、北極星のトップだ」

「いえいえ、こっちもおかげでうまく行きそうなんで……ひつじには感謝です」

今度の役の重要な心情をやっと摑めたのだと説明すると、賢一郎さんも顔をほころばせる。

「それはなにより。ひつじが少しでもお役に立てたら俺も嬉しいよ」

「――不思議ですよね。いつの間にか大きくなってて、……なんかびっくりしましたよ。ひつじがあなたに電話をかけて俺を助ける場面が来るなんて思いもしなかった」

「ホントだね」

そうこうしているうちに階下でアイスを食べ終えたひつじが戻ってきて、またころんと横になる。

「なんだよ、ベッドで寝ろよ。昼寝したいんだろ」

「ううん……なぎちゃんのそばがいいの」

寝付き三秒のひつじは早くも、すう、すう、と眠りに就く。一服盛られたんじゃないかと思うぐらいの早さには毎回驚かされる。

「相変わらず肝《きも》が太いなひつじは」

「度胸ありますよね」

ひつじが寝返りを打ったので二人して、しー、とひと差し指をくちびるの前に立てて笑い合う。

「毎日見てるとあまりわからないけど、いつの間にか足のサイズが大きくなっていたり、服も窮《きゅう》屈《くつ》になっていたりするんだよね。ちいさかった頃のあどけない横顔がいまではちょっと懐かしいかな。まだこの子は幼いほうだけど」

「ですよね。七歳にしては小柄だけど賢一郎さんの甥っ子なんだし、思春期に入ったらいきなり成長するのかも」

「あ、それはあるかも。俺もちいさい頃はいつも前から一番か二番目だったんだよね。それが中学二年生ぐらいからぐんぐん伸び出して周囲もびっくりしてたよ」

「学生時代にあんまりサイズが変わると制服の買い替え代が大変そうですけど」

「確かに」

二人して、ひつじの寝顔をつまみにしてあれこれ言う。途中で賢一郎さんがたまごのおかゆを勧めてくれたので、ありがたくいただいた。空っぽの胃が満たされるとまた眠くなる。

「薬を飲んでもうひと眠りしておいで。明日にはきっとよくなってるよ」

「……すみません、お言葉に甘えて。部屋にまで上がり込んでしまって」

「ひつじがさ、絶対うちに連れてくるんだって言い張ったんだ。なぎちゃんは一人暮らしだから放っておけない、そばで見ていたいって。俺たちももちろん賛成だから逆に無理やり連れてきてしまったけど、ひつじと一緒にいてくれると安心する。その子、きみのそばだといつもより熟睡するみたいだから」

「ひつじですもんね」

かすかに笑って、俺は医者が置いていったという薬を飲んで布団にもう一度横たわる。夏だから冷房は効かせてあるが、ほどよい室温だ。

「じゃ、もう一度おやすみ。なにかあったらいつでも呼んでくれ」

「はい」

ありがとうございます、と呟いて俺は水色の夏布団をかけ直す。隣のひつじにも一緒に。階段を下りていく賢一郎さんの足音が遠ざかっていく。

ひつじはベッドがあるんだからそこで眠ればいいのに、わざわざ床に敷いた布団で俺と一緒に寝ている。
身体を丸め、俺に寄り添っている。
その背中をなにげなく撫で、ぽんぽんと叩いてやった。
起きているときは照れくさくてあんまり言えないだろうから、いま言うけど。
ありがとな、ひつじ。

――芝居の行方？
もちろん、大成功のうちに幕は下りた。

ひつじと俺の恥じらい

男子って、自分が男子だという性を認識するのはいつ頃なんだろう。女子とは違って、男子。運動能力が違うとか身体つきが違うとか顔つきも違うとか、そういうことじゃない。俺は、女の子を女の子として扱うようになったのは小学校二、三年生の頃だったと思う。幼い頃も「お顔が整ってる子ねえ」と近所のおばさまたちから大人気だったが、小学生四年――九歳あたりから異様にモテだして、バレンタインには抱えきれないほどチョコレートをもらうようになった。

「ただいまなぎちゃーん……またチョコもらった……」

部屋に来るなりひつじが口をへの字に曲げ、両手に持った大きな紙袋をどさっと床に落とす。

二月の第三週に入るなりひつじは毎日チョコを持ってうちにやってくる。

「こら、いただきものだろ。それにうちに来るときは『おじゃまします』だ」

「あーもうバレンタインなんていらない。虫歯になっちゃうよ」

「義理堅く全部食べるからだろ」

学校帰り、ランドセルを背負ったひつじがひょこひょこやってくるのはもう日常的な光景だ。

俺も仕事があるから、いるときといないとき、それと来てほしくないときをはっきり伝えるようにしていた。台本に集中したいときは誰にも来てほしくないとき。一人で本にのめり込み、台詞に埋もれて自分なりに役を作り込んでいくには孤独な時間が必要だ。

しかし、そういう準備期間が終わってこうしてひつじが現れると、自分でもつい自然と受け入れてしまう。何歳差だってんだ。ていうか、もう腐れ縁に近いぞ。

俺は気軽に学校帰りに寄れる綺麗な青年から綺麗なお兄さんになっていくのか、おい。

さすがに図々しいか。いや、年のことはやめよう。俺はひつじと出会ったときの二十七歳から年を数えなくなったし、そもそもとびきり幸運なことにいい年の取り方をしているらしく、相貌《そうぼう》もほとんど衰えない。美魔女も真っ青だ。

もちろん俺だってそれ相応のことはしている。基礎的なストレッチやトレーニングは毎日行っているし、二日に一回は美容パックをし、月イチでメンズサロンに通って肌の手入れを行っている。脱毛もしているので、「北極星」でのロビーでのファンサービスの一環である握手会やお見送りも俺が相変わらずスターだ。

スターも飽きたなと言ったら、この間、陽斗が大笑いしていた。

あいつは一年前、とうとう決心してべつの劇団へと移った。抱腹絶倒のコメディを売りにした劇団に強く請われ、やってみたいという気持ちになったのだそうだ。

劇団員が移り変わっていくことは、ままある。引き抜きもあるし、思うようにいかなくて辞めていくこともわりとある。

　陽斗は陽斗の力を生かしてほしかったし、俺はますます「北極星」で強く輝きたかったから移籍に文句はない、とはっきり言ったら「凪原さんらしい」とくくとまなじりを擦って笑っていた。役者としてますます脂が乗っている俺はライトを浴びて、誰よりも美しく、鮮やかな演技を見せているという自信があった。

　とはいうものの、うちに来るなりダウンジャケットを脱いで床にごろごろ寝そべって好き勝手に本棚から本を取り出して読んでいるひつじを前にすると、綺麗な顔も崩れる。

「だーれが勝手に寝ていいと言った。掃除したばっかだぞ」

「そうなんだ、なぎちゃんもう掃除も洗濯もしたの？　ぼく、今日してあげようと思ってたのに」

「料理以外の家事は好きなんだよ」

「料理が得意じゃないんだよね。大丈夫、ぼく、今日ね、グラタン作ってあげる。もうけんちゃんところから材料もらってきた。前に持ってきたグラタン用の深皿あるよね？」

「あるけど……」

「じゃ、お腹空いたらいつでも言ってね。作るから」

　にこにこ言って、ひつじはまた本にのめり込んでいく。ここ最近はシャーロック・ホームズに凝っていて、俺んちのコレクションを片っ端から読破中だ。その前は池波正《いけなみしょう》太郎《たろう》に凝っていて、さらにその前はルパンシリーズに凝っていた。もう一つその前は横溝正《よこみぞせい》史《し》だったか。合間に料理本やマンガ、俺が読んでいるファッション誌にも目をとおしているから、活字ならなんでもいいのかもしれない。

でも、この頃に読むものがいずれ大事な基礎力になるんだよな。読解力はわりと幼い頃から養えるものだと俺は思っている。そういう意味で、子どもがなにか読みたいと思ったときに、幅広く本を取りそろえている環境が近くにあるのはしあわせなんだろう。

うちを図書館代わりにするのはどうかと思うが。

チョコレートの袋にてんで興味を示さないひつじに、俺はベッドにもたれて、「おい、袋開けるぞ」と言った。

「ちゃんとホワイトデー用にリストを作らないと」

「あ、……そうか。そうだね、失礼になっちゃうもんね。リストノート、なぎちゃんところに置いてったよね？」

「おまえが勝手にいつも置いてくんだろうが」

本番十四日を前にして、すでに二十名近い女子からチョコレートをもらっているひつじの外見はというと。

結構成長した。気がする。

センスのいい賢一郎さんがついているせいか、癖のある髪はいい感じにくしゃくしゃになっていて、ちいさい頃はただただ可愛かったくりっとした目が、いまでは大きく垂れ目がちの磁力がある強い瞳になった。鼻筋もくちびるも綺麗なもので、さすが男前の賢一郎さんと家族なだけある。身体は相変わらずほっそりしているが、身長もだいぶ伸びて、十一歳のいま、百五十七、八センチというところだ。ま、百七十七ある俺にはまだまだ及ばないけどな。

　ちびは頑張って走ってこい。

　本棚の一番端に差していた一冊のノートを取り出し、今日の成果を一緒に書き出す。

「橋本陽葵《はしもとひまり》ちゃん、梶原芽依《かじわらめい》ちゃん、西沢莉子《にしざわりこ》ちゃんに、吉岡真奈美《よしおかまなみ》先生……」

「おい待て、先生からももらってるのか」

「保健室の先生だよ。みんなに配ってるんだって」

「はあ……そう、大変だな先生も。続きは？」

「矢野夏美《やのなつみ》ちゃんに、幾田章子《いくたあきこ》さん。あ、幾田さんは高校生」

「堂本由紀《どうもとゆき》さんは大学生」

「高校生⁉」

「おまえな……そのツラも大概にしとけ」

「どういう意味？」

「どうせみんなににこにこ愛敬を振りまいてるんだろ。外面のよさは昔からだもんな」

「そんな意地悪言わないで。学校の子がほとんどだけど、年上のひとはひつじカフェのお客さんだったりするんだよ」

「あー」

納得。納得したが、だとすると本番十四日はカフェにもひつじにチョコレートを持った客が押しかけるんじゃないのか？

なかなか壮絶だ。

長いこと役者をやっている俺ですらこの季節は戦場なのに、いまからもっと大人になっていこうとするひつじはこれから先どんなひとと出会い、触れ合っていくんだろう。

丁寧に名前を書き残したノートを見つめていると、益体《やくたい》もない不安がこみ上げてくる。

俺はこいつをいつまでも子ども扱いしているけど、周りはそうじゃないよな。

恋愛の対象……として見ているひとだって想像以上に多いのかもしれない。

そう思うと、なぜだか焦燥感《しょうそうかん》が募る。

三歳の頃からのひつじを知っているのは俺だけだ。と言い張りたいが、いや、陽斗もいるし、それよりも前に賢一郎さんがいるか。なにを無駄な張り合いをしているんだ俺は。

「……今年のお返しはどうするんだ。考えてるか」

「今年はね、おからクッキーを作ろうと思ってるんだ。おからなら、カロリーを気にしないで済むでしょ？　おいしいよね。なぎちゃんも好きだもんね」

「この間劇団に差し入れしてくれたやつか。ココア味が美味しかった」

「あれ、ぼくも好き！　ふんわり甘くて、お腹にもたまるもんね。去年よりは数多めに焼くつもりなんだ……ねえ、ねえ、なぎちゃん、今年も手伝ってくれる？」

「毎年のことだろ。その日はひつじカフェもバレンタインフェアがあるし」

ひつじカフェでは毎年、二月十四日にはお客さんに甘くてほろ苦いとびっきり美味しいコーヒーゼリーを振る舞うイベントがあるのだ。もちろん前日からたんまり仕込んでおくわけだが、当日は普段どおりの注文もあるし、賢一郎さんや陽斗目当てにチョコを持ってくる客もひっきりなしに来る。だから、店は一日中大賑わいだ。

そんなわけで、自然とひつじの面倒は俺が見ることになっている。兄貴分としてはしょうがないよな。

「わかったわかった、今年も手伝ってやる」

恩着せがましく言ってやると、「わ！」と弾んだ声を上げてひつじが飛びついてきた。

「ありがとうなぎちゃん！　なぎちゃんにはいちばんおいしいチョコレートケーキを作るね」

「それがわかんねえな。べつに俺だって他の子と同じものでいいんだけど」

そうなのだ。ひつじはチョコレートをくれた全員にちゃんとお礼をするが、俺には毎年手作りのチョコレートのお菓子を作ってくれる。去年はチョコクリームが入ったシュークリームで、おととしはショコラガレットだった。手がかかるだろうに……と止めても「作る」と引かないので、もう勝手にやらせている。

ひつじはひつじだけど、じつは猪突猛進《ちょとつもうしん》なのは昔から変わらないことだ。

幼い頃から可愛さが抜群に映える容姿をしていたが、ここ一、二年でちょっと凛《りん》とした雰囲気もまとうようになった。

「おまえ、学校ではなんて呼ばれてんの」

なにげなく訊くと、ひつじはにこっと笑って、「ひつじくんだよ」と応える。想像どおりだ。

「でもときどき、羊介くんって呼ばれることもあるよ」

「マジで？　それ女子だろ」

「うん。先生もひつじくんって呼んでくれるひとが多いけど、たまーに羊介くんって呼ばれると叱られそうでびくってなる」

陽気なひつじが厳格な教師に名前を呼ばれて肩を竦めている場面を想像してちょっと笑ってしまった。

「苦手な奴とかいるのか」

「んー……とくにいない」

このできすぎくんめ。

「男子にやっかまれるだろ」

「んーひつじくん男子の友だちのほうが多いから」

俺といるときは、いまでもうっかり自分を「ひつじくん」と言ってしまう癖が出るが、あえて咎めない。子どもに還《かえ》れる時間って大切じゃないかとおっさんぽいことを考えるが、実際、ひつじカフェで賢一郎さんや陽斗といるときも、「ひつじくんね、今日はこういうことして」と喋っているひつじはいかにも楽しそうだし、それを聞いている俺たちも自然と和む。

なんだかんだ言ってみんなひつじに甘いよなぁ。たまには俺みたいな奴がガツンと言ったほうがいいような気もするけれど、なんというか、その『ガツン』タイムが悔しいことになかなか訪れないのだ。

明るいし、はつらつとしているし、ときどき度を超してわんぱくになって服をドロドロにして帰ってくる日もある。それでも、「ただいまー、なぎちゃん、けんちゃん、はるちゃん！」と大人組に元気に挨拶しているひつじを見ると、みんなして「おう、おかえり」「おかえり、盛大に服汚したな～」「ほらほら洗濯するからひつじくん」と世話を焼いてしまうのだから、俺もあんまり偉そうなこと言えないよな。

こいつ、思春期とか反抗期はどうするんだろう。

もう小学校五年生なんだから思春期には当然、とっくに差し掛かっているだろうが、ひつじの反抗ってどんなのだ？　やんちゃして、悪いことやらかすひつじってうまく思いつかないんだけど。バイクを乗り回したり、家出をしたり、学校の窓ガラスを割ったり……こころの中であれこれ思い浮かべてみるものの、このにこにこひつじが悪辣《あくらつ》なことに手を染めていく場面がどうにもこうにもしっくりはまらなくて、役者としての妄想力を試されている気分だ。

俺がしょうもないことで気を揉《も》んでいる間にも瞬く間に日は過ぎ、とうとうバレンタイン当日がやってきた。この日はひつじが大量にチョコレートをもらう代わりに、その場でお返しの品を渡すという、まるでアイドルの握手会みたいな日だ。

前日までに俺とひつじは必死になっておからクッキーを焼き、一つ一つ丁寧にラッピングし、女の子が好きそうな可愛らしい紙袋に入れた。それを学校でもどんどこ渡し、帰ってきてからも次々カフェにやってくる客からチョコをもらうと「ありがとうございます。これ、よかったら食べてください」とひつじがお返しを渡す。ついでに俺たちも盛りだくさんのチョコレートをいただいた。いつの間にか、俺もひつじカフェの一員として認定されてしまっているみたいだ。

やっと一連の儀式が終わったのは、夜の八時を過ぎた頃だ。

いつもならもうカフェの営業も終了している時刻、トップアイドルばりに、「気をつけて帰ってくださいね。また明日」と律儀に挨拶しているひつじと苦笑している賢一郎さんたちを見守っていた俺は、最後の客を送り出した途端はあぁと深いため息をついて店の奥のソファに倒れ込んでしまった。

「なっが……つっかれた……」

「お疲れさま、凪原くん今年もありがとうね」

「凪原さん目当てのチョコ、相変わらずすごいですねぇ」

「おまえだって賢一郎さんだってすごいじゃん……つうかさ、なんで今年はひつじが一番なんだよ」

そう、そこが大問題だと思う。

大人の男の色気を持った賢一郎さん、ついで鋭い華やかさを持った俺、まあその次になつっこい陽斗、とひつじカフェでもらうチョコレートは毎年きわどく競っていたのだが、今年はダントツでひつじだ。

ひつじの圧倒的大勝だ。

『ひつじくん、私たちからのチョコももらって』

『ひつじくんに会いたくてカフェに来てるんだよ！』

『あ、あの、ひつじくんのこと、前からいいなって思って……』

さまざまな年代の女性陣からの熱いラブコールもあれば、『ひつじくんにはいつも元気をわけてもらってるから』と顔なじみのサラリーマンたちからも友チョコを山のようにもらっていた。

いつも、バレンタインの夜はいただいたチョコレートの数を集計して一位になった奴の言うことをなんでも聞くというのが、この数年の俺のひつじカフェでの過ごし方だ。去年おとといは俺、その前は賢一郎さんと陽斗が競り合っていて、「店中を綺麗に掃除すること」とか、「冷蔵庫の食材を全部チェックしておくこと」とかくだらない応酬をしていた。そこに今年シュッと食い込んできたのがひつじだ。

「若さかな？　俺たちはもういい年だし、べつの武器で勝負するときなのかな」

「やめてくださいよ。俺はまだまだ現役役者ですし、ひつじみたいな子どもに負けるわけにいかないんで」

「ですよねー、俺も凪原さんに賛成です。……でもこのばら色のほっぺにみんな参っちゃうのかなあ。ね、ひつじくん」

「んー」

当の本人は長い一日の役目を終えて、「お腹へった……」としょんぼり肩を落としている。ついさっきまでアホみたいに笑顔を見せていたのが嘘のように思えて笑える。

「そうそう、それでこそひつじだよな」

「もう、なぎちゃんってば意地悪」

「やさしい俺なんか期待すんな」

ソファの隣に腰掛けてきたひつじの肩をぽんっと叩き、ん？　と思う。

なんか……めちゃくちゃ当たり前のことのようだけど……俺たち、いつの間に意思の疎通ができるようになったんだ？　ていうか、普通に会話してないかこれ。

俺の小学校五年生ってこんなんだったか？

いつの間にこいつ、こんなに語彙力《ごいりょく》が増えたんだ？。大人の俺とちゃんとコミュニケーションしているじゃん。

あらためてそう思うと感動すら覚える。

三歳の頃のひつじは正直はっちゃけてた。ぶっ飛んでんなと大笑いすることもあれば、困惑した日だってある。そもそも銭湯「梅の湯」で足にしがみつかれた最初の日がそうじゃないか。

なのに、いまではちゃんと言葉のやりとりができている。言いたいことを言って完結してしまっていた三歳の頃とは違う。泣きたいときに泣き、わめきたいときにわめいて、大喜びするときはゴロゴロ喉を鳴らすほどに鬱陶《うっとう》しく喜んでいたひつじが、いつからヒト語を喋れるようになったんだ？

というか、いやもっと掘り下げれば、こいつはいつからちゃんとひとを気遣えるようになったんだろう。チョコレートをもらってぶっきらぼうになってしまう子だって多い年代なのに、ひつじはきちんと礼を言う。それはもちろん、賢一郎さんと陽斗という息の合ったパートナーの愛情のたまものだろうけど、親がいくらうるさく言ったってだめなときはだめだ。

一歩ずつ、ひつじは成長している。毎日毎日、なにかを吸収し、噛み砕いて自分のものにしている。それこそ、こっちが驚くほどの勢いで。

ずっとそばにいるからその変化にさほど気づいていなかったけれど、客観的に見てみればこれは結構すごいことだ。

誰かとこころを通わせることができる。想うことができるというめざましい成長を遂げているひつじを見ながら、そりゃ俺もちょっとは年を取るよな……なんてめずらしく殊勝なことを考えていたのが顔に出ていたのかもしれない。

「なぎちゃん、どうしたの。疲れた？　上にもうお布団敷く？」

バレンタインの主役を堂々勤め上げたひつじがいつものように甘ったれた声で言うので、「まだ早いだろ」といなした。そもそもなんで俺が泊まっていく前提なんだよ。

「八時を過ぎたばかりじゃないか。ていうか、今年はおまえが一番なんだから、なんでも言うことを聞くぞ。賢一郎さんも陽斗も、だろ」

「だね」

「うんうん」

「えー、じゃあね、あのね……」

ひつじはぐるりと俺たちを見回して、「みんなで銭湯に行く！」と言い出した。

「寒いし、あったかくて大きいお風呂に入りたい。でね、ひつじくんの背中をけんちゃんが洗うの。手と足ははるちゃんが洗うの」

「おお、まさしく王様みたいだな」

「でねぇ、なぎちゃんにはぁ」

語尾を伸ばしてぽんっと身体を弾ませて抱きついてくるひつじが顔をデレデレにしながら言う。

「ひつじくんの髪洗って。最近、なぎちゃん洗ってくんないんだもん」

「おまえ、俺を奴隷にする気か。いい度胸だな」

むっとしてみせたものの、蕩けたような笑顔には勝てない。あーあしょうがねえと呟き、みんなで下着やタオルを持って寒風吹きすさぶ外に出た。マジで寒い。二月の真ん中はほんとうに芯から冷え込む。四人とも駆け足で梅の湯に走り、ひつじを先頭に飛び込んだ。

中は暖房が効いているのでほっとし、隅のほうのロッカーを陣取った。隣にひつじがやってきて、いつもどおり慎みの欠片《かけら》もなくぱーっと服を脱ぎ散らかして、「先に入るー」と行ってしまった。

「相変わらずの風呂好きだな、あいつ」

「ですよねえ。懐かしいな、ここで凪原さんと俺たちが出会ってから、もうずいぶん経ちますよね。ひつじくんがこんなにちっちゃい頃」

そう言って、ひつじの服を拾い上げながら陽斗が自分の膝あたりを指して笑う。

そうそう、そうだった。出会いはここで、俺は服を脱いでいる最中にひつじにしがみつかれたんだった。

あれから何年経っただろう、と数え出したら人間は年を意識する。だから数えない。俺は二十七歳になったとき魔女、ではなくて魔法使いになる決心をしたので、以後年を取らなくなった。というのはもちろん冗談だが、なんでもかんでも「もう若くないんだから」「年を考えて」っていう保身的な思考に走ったら役者なんて到底務まらない。

ひつじが脱いでいった靴下の片っぽを拾って陽斗に渡し、「おまえ、最近いい顔してんな」と言う。

「新しい劇団、うまくいってるのか」

「はい。この間の芝居では主演で、楽まで充実してました。凪原さん、お花ありがとうございました。フラスタめちゃくちゃ目立ってましたよ」

「あれはひつじが一緒に贈りたいってうるさいから仕方なくだ」

陽斗がめでたく主演を飾った芝居に、俺とひつじ、そして賢一郎さんと連名でフラワースタンド、通称フラスタを贈った。俺としてはスタンダードかつ華やかなものを贈ろうと考えていたのだが、ひつじが頑固に、「ひつじの顔をしてるお花の形にしたい」と言い張ったので、付き合いのあるフラワーショップに頼み込み、真っ白な薔薇《ばら》をメインに可愛いひつじ型をしたスタンドを作ってもらったのだ。

役者からのフラスタといえばスタイリッシュなものが多い中、俺たちの花はやけに目立ってしまった。

「祝　成宮陽斗様／凪原俊介・大野賢一郎・羊介」

立派な立て札に一番喜んでいたのはひつじだ。初日と三日目、そして楽日に呼んでもらったひつじと賢一郎さんはすべて通い、俺は自分の稽古もあったので楽日だけ観に行った。そこであらためて自分たちのフラスタのド派手さに驚いた。まあ、こういうのは贈る側の宣伝ってのもあるけど。

ひつじ型のフラスタは観客にも大人気で、みんなその前で自撮りしまくっていた。

新しい劇団で鮮やかに芝居する陽斗の活躍は、俺にとってもいい刺激になった。昔は若さだけが取り柄だろうと意地悪い目で見ていたのだが、ひつじを介してなんとなく近しい感じで付き合ってきたこの数年で、あいつへの見方もずいぶん変わったように思う。

もともと陽斗はタフだけど、賢一郎さんに芯から大事にされているんだろう。愛情をたっぷり受けてまっすぐ育つ姿はひつじも受け継いだようで、二人は年の離れたほんとうの兄弟のようにも見えた。

「ひつじくんも来年は六年生で、再来年は中学生かぁ。あっという間だな。なんかもう、すぐに二十歳になっちゃいそうで、焦《あせ》ります」

「まぁな」

「待って待って、もっとちいさい頃を楽しませてって毎日思ってます、俺」

くすくす笑う陽斗はロッカーにひつじの服を入れてゴムリングについた鍵で閉め、手首にはめる。

「ひつじくん、今年のバレンタインもみんなに、『いいお友だちでいようね』って言ってたね」

「言ってた言ってた。今年も振られた子がたくさんいたな」

「そこで憎まれないのが不思議でしかない」

気の毒そうに笑って、賢一郎さんが服を脱ぐ。相変わらず質のいい筋肉に恵まれたひとだなとちょっと羨ましく思い、早くも洗い場で身体を洗っているひつじの隣に腰掛け、「ほら、頭出せ」と言った。

「手も足も賢一郎さんたちに洗ってもらうんじゃなかったのか」

「最初は自分で洗ってから。なぎちゃん、もう頭洗ってくれるの？」

「おまえが今年の王様だからな。見てろよ、来年は俺が奪還する」

「うん！　じゃあ、来年はひつじくんがなぎちゃんの髪洗ってあげるね」

へへ、と照れ笑いして、ひつじはプラスティックの椅子をずりずり引っ張って近づいてきて、正面を向く。きちんと膝を合わせ、一応タオルで前を隠しているあたり、思春期らしくて微笑む。男子ならそうでなきゃな。

「頭、下げてみ」

「んー」

言われたとおりまだちいさな頭を下げて両目を手で覆うひつじを見ていると、三歳の頃の面影がダブる。あの頃からひつじはなにも変わっていないようで、だけどやっぱり大きくなった。まだまだ成長期だから、この先身長も伸びるだろうし、体格も変わるだろう。ひつじがデブるかはたまた賢一郎さん張りに逞《たくま》しくなるか、ちょっと見物だ。

指どおりのいい髪をしっとりと濡らし、シャンプーを丁寧に手のひらで泡立ててから地肌を軽く揉んでやる。

「お客さん、どうですか力加減は」

「ちょうど、いいです」

芝居がかったやり取りにひつじと笑い合い、髪にも泡を馴染ませてから湯ですすぐ。けっして乱暴に扱わず、丁寧に丁寧に。男だって髪質にこだわる時代だ。艶のある髪をしている男子を悪く思うひとはいないだろう。コンディショナーを使ってすべりをよくしたあと、きちんと洗い流したら「できたぞ」と声をかけた。

「あとは自分でやれ」

「えー、タオルでごしごしするところも」

「おまえなぁ、我が儘すぎ」

言いながらもつい手を出し、湿った頭をタオルで拭ってやるんだから俺もずいぶんと世話焼きになってしまったみたいだ。

「はぁ……気持ちよかった。ありがとう、なぎちゃん。……あれ？　はるちゃんたちは？」

「とっくに風呂に浸かってる」

「こっちだよー」

広々とした風呂から陽斗たちの声が聞こえてきた。ひと足先に身体を洗ってサウナで汗を流してきたらしい二人は、気持ちよさそうに湯船でのんびりくつろいでいた。

「俺たちも入るか」

「うん」

四人でのびのびと湯を楽しみ、他愛ない話をするうちにいい感じに温まったところで外へと出る。

「今日は寒いし、凪原くんうちに泊まっていきなよ」

「でも、すぐ近所だし」

「いまからおうちに一人で帰ったら危ないよ。きっとお部屋寒いよ」

賢一郎さんに続いてひつじもそう言うので、真っ暗な部屋を思い浮かべて肩を竦める。確かにそうかもしれない。ひつじカフェから歩いて数分のアパートだが、いまだに一人暮らしなので稽古で遅くなった冬の夜なんかはとくに部屋中が心底冷えきっている。

べつに、一人が寂しいとか言うつもりはない。そもそも、俺には結婚願望がない。賢一郎さんと陽斗、ひつじというよくできた組み合わせをそばで見ていて満足してしまっているせいか、自分で新しい家族を作ろうという気にならないのだ。

いまだに劇団でのファン数は俺がトップで、あまりの人気ぶりに最近ではテレビドラマに出ないかと声がかかることもある。でもやっぱり俺は舞台俳優でいたい。芝居をやっていきたいと思っているが、『一度だけでもどうかな』と付き合いのある脚本家が熱心に誘ってくれているので、きっぱりと断れずになんとなく答えを宙に浮かしてしまっている状態だ。

ひつじがバスタオルでわしゃわしゃと全身を拭き、意気揚々といつもみたいに尻をふりふりしながらジーンズを穿いていたときだった。

……ビリッ。

なんだか不吉な音を耳にした気がしてハッと振り向くと、ひつじの怯《おび》えた目とかち合う。陽斗と賢一郎さんは二人でなにやら楽しげに話し込んでいて、いまの音には気づいていないみたいだ。

もしかして、もしかしたら、ジーンズが破けたんだろうか。

「……なぎちゃん……！」

『破けたのか』

『うん……』

目だけで合図して、ひつじが切羽詰まった顔でどうしようどうしようと訊《たず》ねてくる。

『大丈夫だ』

――俺が隠してやるから、おまえは知らん顔してろ。

口だけぱくぱく動かしてなんとか伝える。ひつじにしてはめずらしく青ざめた顔でこくんと頷き、ダウンジャケットをガバッと羽織った。

どうも、ジーンズの尻部分が避けたらしい。この年代にありがちなトラブルだよなと笑いたいのだが、そんなことをしたらいくらひつじでも傷つく。

「ひつじくん？」

「どうかしたか」

「ううん、な、なんでもない！　ねえなぎちゃん、ぼくのぼせちゃったから先にもう帰りたい。一緒に帰ろ」

「そうだな」

「おい」

「え、もう？　いつものコーヒー牛乳飲まないの？」

不思議そうな陽斗に、「それはまた今度な」と俺が代わりに言い、ひつじの肩を軽く押す。問題の部分はなんとかダウンジャケットの裾で隠されているみたいだ。俺が背後に立って歩けば見つからないだろう。

「先にカフェに帰ってるから、ゆっくりどうぞ」

「おうちで待ってるね」

一見呑気そうに言うひつじだけれど、猛ダッシュして帰りたい表情があからさまだ。賢一郎さんはなにか勘づいているようで可笑しそうな顔だが、俺がついていることで安心したのだろう。

「後を追うよ」とだけ言ってくれた。

銭湯ののれんをくぐって外に出ると、「な、なぎちゃん、は、は、早く……！」とひつじが手を引っ張って駆け出す。つんのめりそうになりながらも俺も走り、はあはあと息を切らして二人でひつじカフェに辿《たど》り着いた。

もう可笑しくて可笑しくて腹が痛い。ジーンズの尻がやぶけるとか面白すぎだろ。だよな、だってまだ五年生だもんな。バリバリの成長期だよな。

ひつじの合い鍵で家の中に入れてもらい、バタバタと忙しなく二階へ上がる。

一人で自室にこもったひつじはしばらくしてからパジャマに着替え、しょんぼりした顔で無残に破けたジーンズを差し出してきた。

「やぶけた……」

「見事にいったな」

尻の真ん中にバリッと裂け目が入っていて、さすがにふふっと笑ってしまう。

「もう！　もう……」

「ごめんごめん、悪かったって。大人になってる証拠じゃないか。そんなにしょげるな」

「恥ずかしいよ……なぎちゃんがいなかったらぼくもう……」

ううう、と身をよじってめげているひつじからジーンズをもらい、「これ、どうする？」と一応訊いてみた。

「俺のところでこっそり捨ててやろうか。さすがにこれじゃ陽斗も繕《つくろ》えないだろ」

「うん……お願い……」

ほんとうにほんとうにへこんでいるのがわかるから、ひつじの頭をぽんぽんと叩いた。

「新しいジーンズ、俺が買ってやるからそう落ち込むな」

「ホント？　けんちゃんたちには内緒にしてくれる？」

「ああ。男の約束だ」

「……ありがと……なぎちゃんいてくれてよかった……」

ここが学校じゃなくてよかったよな、ほんとうに。こういうのって漫画の中でしかお目にかかれないものかと思っていたけど、マジであるんだな。

明日の土曜日、一緒に新しいジーンズを買いに行こうと約束して、俺たちはまだ湿っている髪を急いでドライヤーで乾かす。寒い夜だから根元までしっかりと。こんな季節に風邪なんか引いたら大変だ。

ひつじの部屋にいつものように布団を敷き、二人で寝る準備を整えていると、ベッドにちょこんと座ったひつじがやけに真面目な顔をしている。

「……太ったのかなぁ」

「いや、大きくなっただけだろ」

「ほんとうに？　もっともっとぼくが太っちゃっても、なぎちゃん嫌いになんない？」

「なんねえよ。そもそも賢一郎さんがあんなにシュッとしてんだから、おまえも無駄に贅肉《ぜいにく》がつく体質じゃないだろ」

「うん……でも気をつける……」

「気をつけなくていい。いまはちゃんと食べる時期なんだよ。ちゃんと食べて、ちゃんと寝ろ。まだおまえは子どもなんだから」

「もー、なぎちゃんたらいつもひつじくんのこと子ども扱いするー。どうして？　なんで？」

そういうところだよ。

ちょっと気がゆるむと、自分のことを「ひつじくん」って言っちゃうおまえはまだまだ子どもでいいんだよ。

焦るなひつじ。そう急がなくたって、いつかはかならず大人になる。あのときにもっとはしゃいでおけばよかったなとか、もっと楽しんでおけばよかったななんて悔いを残さないように、いまは破れたジーンズのことなんか忘れてぐうぐう寝ろ。

「もう寝ろ。明日ジーンズ買いに行くんだし」

「……うん！　おやすみなさい、なぎちゃん」

「ああ、おやすみ」

すっかり頼りきった顔でベッドに横になった瞬間、すう、と寝息が聞こえてきてもうほんとうに笑い出したい。

おまえってホント安直。悩んでも三分で解決する。

そこがおまえの最高にいいところだよな、ひつじ。


春がやってきて夏が来て、季節は巡り、とうとうひつじは小学校を卒業する日を迎えた。その日、賢一郎さんと陽斗、ひつじに懇願されて、なんでだか俺まで卒業式に立ち会うことになった。

いやまあいいが、俺、一応他人なんですけどね。

そう言ってみたものの、「まあまあ」「長い付き合いですし」「なぎちゃんいないとやだ」と押し切られ、スーツを着て、学校の体育館で厳かな卒業式を眺めていた。卒業生や在校生たちが校歌を歌い、澄んだ声になんとはなしに微笑む。

この年頃にしか出せない透明な声が体育館に響いて心地好い。

春の旅立ちにふさわしく、今日は朝から晴れ。真っ白な雲がふわふわ浮かんでいて、ひつじはご機嫌だった。『お母さんもきっと見てるよね』と。幼い頃の刷り込みは、大きくなっても変わらないらしい。

順々に卒業生が呼ばれ、校長先生から卒業証書をもらっている。

「浅野奈美《あさのなみ》さん」

「はい」

可愛いピンク色のセーターを着た女子が壇上に上がって一礼している。みんな、緊張しつつも嬉しそうだ。

「大野羊介くん」

「はい！」

ジーンズをバリッと破いたこともまだまだ記憶から薄れないが、今日のひつじは賢一郎さんと陽斗が朝から頑張って、紺のニット、グレイのズボンとおしゃまな格好だ。小学校六年生としては細身で、ほんとうにもしかしてこのまま小柄な子なのかな？　と思わせられる。彼より大きな女子がいるし。

ひつじが卒業証書をいだき、階段を下りてくる間、壁沿いに並ぶ俺たちにちらっと視線を投げてきてにこりと笑う。

卒業かぁ。ほんとうに早い。もう中学校の制服は仕上がっていて、ブレザー式だ。その入学式にも呼ばれているので、なんとか時間に都合をつけなければ。

でも、この後はしばらく自由時間だ。賢一郎さんの提案で、ひつじと陽斗は春休みに沖縄《おきなわ》旅行へ行こうと相談していた。そこにも「なぎちゃんも！」と強く誘われたのだが、芝居稽古がちょうど入っているし、さすがに家族旅行を邪魔する気にはなれず、「みんなで行ってこいよ。お土産楽しみにしてる」と送り出すことにした。

卒業式も無事に終わり、数日後、沖縄へと旅立つ三人を見送った俺は久しぶりに一人の時間を過ごしていた。三泊四日の旅なので、まあすぐに会えるんだけど。

「北極星」で仲間と台本読みをこなし、さらに図書館に寄って気になっていた本を借りてアパートに戻ると、部屋が暗い。ひつじカフェも臨時休業なので、この数日は自炊しなければ。

部屋の灯りを点けて、でもとりあえず今日はコンビニ弁当にしてしまおう。初日から堕落しているが、稽古で疲れているので仕方ない。

風呂だけは梅の湯でのんびりしたが、ポツーンと一人で足を伸ばすのもなんだか物足りない。サウナでだらだら汗を流し、少しすっきりしたところでまた自分しかいない部屋に戻る。

カチッ。

スイッチを入れて無機質に明かりが点く。当たり前なんだけど俺だけだ。寝しなにストレッチを行い、爪の形を整えてハンドクリームを塗り込む。明日はテレビ局との打ち合わせがあるので、パックもしとくか。

テレビドラマに出ないかという誘いが断りきれなくて、とうとう明日、脚本家と監督、そしてテレビ局のスタッフと話し合うことになったのだ。

ひつじたちが不在でよかったかもな。どういう展開になるかわからないし。俺も、一人で考えなきゃいけない時間がある。進路を決めなきゃいけないときがある。これから新しい道を進んでいくひつじのように。

夜の八時、パックをしつつテレビを観ていると、スマホが鳴り出した。

「もしもし?」

パッと出たのは、液晶画面に「ひつじ」と出ていたからだ。

「なんだよ、どうした」

『なぎちゃん、ごはんもう食べた?』

「食べた食べた。ハンバーグ作って食べた」

嘘です。コンビニ弁当です。

「そっちはなに食べたんだ」

『今日はねぇ、ラフテー? っていうのと、ミミガー、うみぶどう食べた。あと、沖縄そばもおいしかったよ。今度なぎちゃんとも食べたいねってけんちゃんに言っといたから、ラフテー作ってもらうね』

「ああ、頼む。そっち晴れてるか?」

『朝だけ雨降ったけど、ずっと晴れてる〜。……ね、なぎちゃん』

ひつじの声がちょっとだけちいさくなり、『……なぎちゃんに会いたい』とぽつりと呟く。

『なぎちゃんと話したい』

「いま話してるだろ」

『えー、会って話したい。やっぱりなぎちゃんと来ればよかった。ねえなぎちゃん、たくさんお土産買ってくね。おそろいの琉球《りゅうきゅう》ガラスのコップ、買って帰るね』

「あれ結構高級品だろ。無理すんな」

『してないもん。僕、お年玉結構貯めてるもん。貯金あるんだよ。ちょっとだけど』

「偉い偉い。賢一郎さんたちは?」

『お部屋ではるちゃんとビール飲んでる。代わる?』

「いやいい、邪魔しちゃ悪いし。もう寝ろよ。明日また一杯遊んでこい」

『うん! 今日の写真送るね。また明日電話するね。帰ったら僕と遊んで。おやすみなさい、なぎちゃん』

「おやすみ」

通話を終えて、一人苦笑する。同じ空の下、どこか頼りない声を出して電話をかけてくるひつじの顔を思い浮かべるからだ。

少しすると、もう一度スマホが鳴る。メールを受信したようなので指紋認証し、アプリをタップすると、自撮りしたらしいひつじたちの写真が三枚送られてきた。青い海を背景にした笑顔のひつじはちょっと日焼けしたみたいだ。陽斗も賢一郎さんも、いい顔してる。

「あー……」

俺も行けばよかったかな。なんて思ったり。

いやいや、俺には俺の仕事があるんだし。

乾いてきたパックをぺろりと剝がして手入れを終え、さっさと寝てしまうことにした。ベッドに入る前はいつも文庫本を読むんだが、今日はスマホのアルバムをスクロールしていた。

一度スマホを使い続けると壊れるまで酷使するので、これも四年目になる。その前の写真はすべてクラウドに保存してあるので、三歳の頃のひつじから最近まで全部あった。

七五三の歯抜けのひつじ。小学校に上がって緊張しているひつじ。学校の友だちをカフェに連れ帰ってきたひつじ。いまもゆうくんと仲よく付き合っているひつじ。

賢一郎さんたちと四人で群馬《ぐんま》の伊香保温泉《いかほおんせん》に行ったときの写真もある。腕をぎりぎりに伸ばして四人で撮った写真はみんないい顔をしていて記念になった。

ひつじと俺の写真もたくさんある。ひつじが「一緒に撮ろ」とよく言うからだ。二人でごはんを食べているとき。ソファに座って本を読んでいるとき。くるくる右向きつむじを見せているひつじも写っている。

「……」

大きくなっちゃって。

知らず知らずのうちに微笑んでいた。

ひつじんちに行けば、たくさんのアルバムがある。それをひつじたちはこよなく大事にしていて、俺にもよく見せてくれていた。

泣いた顔も、怒った顔も、悩んでいる顔も、笑った顔も、全部見てきた。そりゃ、一番そばにいる陽斗たちほどではないだろうけど、近所の兄貴代わりとしても結構世話を焼いてきたつもりだ。この俺の手を煩わせるなんてひつじ、おまえぐらいだぞ。

アルバムをスクロールすればするほど、ひつじは大きくなっていく。しっかりしていく。

……もうちょっと子どもでいろよ、ひつじ。

ちいさくたっていいじゃん。いつまでも俺の弟分でいろよ。

——なーぎちゃん。

そんなふうに呼んでくれるのって、きっと、後もうちょっとだろ?

「なーぎちゃん、お土産～！」

四日後、キラキラした笑顔でひつじがアパートを訪ねてきた。大きい紙袋を渡されてのぞくと、つい笑ってしまいそうなほどたくさんのお土産が詰め込まれている。ご当地スナック菓子に沖縄そば、真空パックのラフテーにうみぶどう。

「ありがとな。楽しかったか」

「うん、すっごく。でもなぎちゃんが一緒だったらもっと楽しかった。ねえ、今日これからお散歩しない？」

「いまから？　いいけど」

春の午後、布団を干している最中だが、今日は快晴で気温も高いし、天候は崩れないだろう。

冷蔵が必要なお土産は冷蔵庫に入れて、モッズコートを羽織って外に出た。

「春だねぇ、なぎちゃん。ねえ、僕いなくて寂しかった？」

「静かでよかった」

「もー。僕寂しかったのに」

くちびるを尖らせるひつじを連れてぶらぶら歩き、この間まで通っていた小学校にやってくる。

隣には大きな公園があるので、そこに寄ることにした。ちいさな頃はブランコが大好きなひつじだったけれど、いまではさすがにうんていと鉄棒ぐらいだ。

「ブランコ乗らないのか」

「僕、もう十二歳だよ」

「ふーん」

せせら笑う俺に、ひつじは、ぐ、と言葉に詰まる。乗りたそうな顔をしているくせに。

率先して俺がブランコに腰掛けると、仕方なさそうな顔でひつじが釣られてやってきて、隣のブランコに座る。それから、キイキイと揺らし、「ふふ」と楽しそうだ。

「やっぱりブランコ好き」

「だよな。俺も」

「ねえなぎちゃん、中学生になったらなんかしてほしいことある？」

「は？」

なにかしてほしいこと……と言われても。

「毎日ちゃんと元気に通えばいいだろ」

「そうだけどー、なぎちゃんの希望が聞きたいの。僕の目標にしたいの」

「面倒だなおまえ。重いぞ。じゃ、クラス委員にでもなってくれ」

「えーめんどい……」

おまえが言ったんじゃん。

ぶらぶら揺れて、春風に髪を遊ばせる。

テレビドラマの出演が決まって、俺はなんとなくそわそわしていた。舞台とテレビとでは芝居の仕方が違う。どうしたって、舞台のほうがオーバーリアクションになるのだ。声も張るし。でも、テレビは繊細な表情や仕草で伝えていくことが必要とされる。

『きみなら絶対にできるよ』

ずっとファンだったという脚本家に激励されて、悪い気はしないけど。

「なぎちゃん、どうしたの？　なんか考え事？」

「んー……ちょっとな。芝居のことで考えてる」

「どんなこと」

「テレビ……出ることになりそうなんだ」

「ホント！　いつ？　どんなの？　ドラマ？」

「夏頃の単発ドラマ。わりと重要な役で出るかも」

「そうなんだ……！　なぎちゃん……いまよりもっともっと人気者になっちゃう」

焦った顔のひつじがすっくと立ち上がり、俺の手を掴んできた。

「いこ、なぎちゃん。見つけたいものがある」

「なんだよ」

「シロツメクサ」

なんだそれ。そんな雑草見つけてどうすんだ。公園の端のほうはやわらかな春の雑草がたくさん育っていて、ひつじの探すシロツメクサも一面に咲き誇っていた。

ああ、クローバーのことか。

「四つ葉のクローバーも探したい」

「貪欲」

はあ、とため息をつきながらも、すでに四つ葉のクローバー探しに必死になっているひつじの横に腰を下ろし、緑の草をそっと撫でる。やわらかくて、春の匂い。土が混じっている香りは都会暮らしだとなんだか新鮮だ。

「あ！　あ、ああ……三つ葉……こっちは……ええと」

「必死だなひつじ」

「うん」

猛然と四つ葉探ししていたひつじは四《よ》つん這《ば》いになってうろうろし、その光景にも見飽きた頃、俺は近くのベンチ横にある自動販売機でホットコーヒーとコーラを買う。

「ほら、ひつじ、ひと息……」

「あった！　四つ葉のクローバー！」

「……マジか」

おまえのしつこさには負けるぞ。

はあはあと肩で息し、ひつじはベンチに座っていた俺の隣に腰掛け、「手、出して」と言う。

「手？」

「うん、手。お守り」

言うとおりに右手を差し出すと、ひつじは四つ葉のクローバーを静かに載せてくれる。

「これがなぎちゃんを守ってくれるよ。幸運、って花言葉があるんだよ」

「へえ、そうなのか。ありがとな」

「テレビの仕事……ホントにするの」

「まあ、たぶんな。一度はやってみようと思う」

「そっか……」

もじもじしているひつじはそそくさとシロツメクサを一輪摘んできて、また俺の隣に戻ってくる。

「もっかい手出して」

「まだあるのか」

右手にクローバーをもらっていたので、左手を差し出す。このクローバーはあとで押し花にでもしよう。

ひつじは茎の長いシロツメクサを俺の左手の薬指にくるりと巻き、根元をきゅっと結ぶ。

「……ひつじ？」

「これも、お守り」

「指輪みたいじゃん」

「うん」

薬指でふわふわしている白い花に笑ってしまう。こういうところ、子どもっぽいというかロマンティックというか。可愛いところまだあるじゃん。

「なぎちゃん、テレビに出てもひつじくんのこと忘れないで」

「なに言ってんだ。毎日顔合わせてるだろ」

「そうだけど……遠いひとになっちゃわないで」

遠いひと。

……そういや、おまえのお父さんもそう言われてたな。こころとこころの距離が離れていくと、おまえにとっては遠いひとになるんだな。それはやっぱりきっと俺でもいくらかは寂しいだろうし、望んでいることじゃない。

「心配するな。あのアパートから引っ越すつもりはないし、芝居だっていままでどおり続けてく。だから、ちゃんと観に来いよ」

「……うん！」

ようやくホッとした顔で頷くひつじが手を摑んできて、「カフェ、戻ろう」と誘ってくる。

「けんちゃんたちにココア淹れてもらお」

「そうだな。あ、でも俺は紅茶でいい。カロリーには気をつけたほうがいい時期だし。春先は太りやすいんだよ俺」

「なぎちゃんいまのままですごくすごく綺麗なのに……」

「ありがとうございます」

ファンサみたいに完璧な笑顔を見せると、ひつじはパッと顔を赤らめた後、むうっとして俺に身体をぶつけてくる。

「そういうのじゃなくて。いつものなぎちゃんでいいの」

「いつものかー。どういうのだろうな、俺にもわからんわ」

「なぎちゃんはね、誰よりも綺麗で、ちょっと怖いところもあって、硬そうな感じがあって、つるっとしていて……ガラスの向こうにいるひとみたいに思えるところもあるんだ」

「詩的だなおまえ」

呆れて肩を竦めるとひつじはくすっと笑って、手をしっかり掴んでくる。

「たまに……不安になるんだ。ひつじくんを置いてどっかに行っちゃいそうで」

「いやいやいや、それは俺が言うことだろ。おまえ、自分がいくつだと思ってるんだ。十二だろ。俺のほうが置いてかれる立場だろ……って言うのも悔しいから、全力で追ってこい」

「ふふっ、うん！　頑張る！」

跳ねるような足取りのひつじとカフェに戻り、「ただいまぁ」「帰りました」と声をそろえる。

「お、おかえり」

「けんちゃん、ココアほしい。なぎちゃんは紅茶だって」

昼過ぎのひつじカフェはまったりしていて、奥のソファも空いていた。そこを陣取り、賢一郎さんが運んできてくれる紅茶を美味しくいただく。

「それは？　シロツメクサの指輪？」

紅茶を持ってきてくれた賢一郎さんの言葉に、あ、となる。

外すのを忘れていた。左手の薬指にはまったままの雑草指輪。抜こうとすると、ひつじが「ダメ」と慌てて手を重ねてくる。

「このままにしといて。お守りだもん」

「でも、枯れるぞ」

「ドライフラワーにして」

駄々をこねるひつじに「ハイハイ」と頷き、にこにこしている賢一郎さんに「四つ葉のクローバーももらいました」と見せた。右手にくるむようにしてきたから、形は崩れていない。

「おお、ホントだ。探せばあるものなんだね」

「ひつじくんが見つけたの。なぎちゃんを守ってくれますようにって」

「おまえはほんとうにいい子だな、ひつじ」

頭をくしゃくしゃっと撫で、「そういう子にはパンケーキをプレゼントだ」と賢一郎さんは赤黒のチェックのシャツの袖をまくる。

「やったー！　ね、ね、なぎちゃんも食べるよね」

「しょうがない、ひと口もらってやろう」

「わーい」

今日は、陽斗は稽古で不在のようだ。別の劇団になってからのほうが以前よりずっと喋りやすくなったし、互いに励まし合うようになった。進む道が変わったからだろう。それに、陽斗もずいぶんと大人になって、賢一郎さんに影響されたのか、懐が深い男になった。ひつじカフェはいまや賢一郎さん派、陽斗派とファンが二分されるぐらいだ。なぜか、ひつじ派と俺派もいる。ひつじは看板息子だからわかるが、他人の俺はなんでなんだかわからない。この罪作りな顔のせいか。しょうがないよな。

「なぎちゃん、パンケーキ来たよ。あーんして」

「子どもか俺は」

口をへの字に曲げてもひつじのにこにこ顔は変わらない。綺麗に切り分けたパンケーキをフォークで刺し、俺の口元に運んでくる。

「あーん」

「……あー、うん。旨い」

「ね！」

邪気のない顔でパンケーキを頬張るひつじの横顔をなんとなく見つめていた。

……あっという間だよなぁ……。

シロツメクサのはまった薬指が、やけにくすぐったかった。

ひつじと俺のステップ

「なぎちゃん、これ借りてくね」

「おう。今日はなんだ。……谷崎潤一郎《たにざきじゅんいちろう》？　ちょっと早くね？」

俺んちの本棚から一冊の文庫を手にするひつじが「そう？」と不思議そうな顔をする。美容室に行ったばかりなのか、襟足《えりあし》がすっきりしていて綺麗だ。だけどすっくと立つと、様子を見守っていた俺と結構近い目線になってどきりとする。

中学二年生、十四歳のひつじは昨年の夏ぐらいからやたらぐんぐん身長が伸び始めて、びっくりする。この勢いはなんなんだ。まだ伸びそうだぞ。俺を追い越すつもりかよ。

ひつじが手にしているのは谷崎潤一郎の「細雪《ささめゆき》」……ではなくて、「痴人《ちじん》の愛《あい》」だった。その選択にどきっとしながらも、「面白いぞ」とアドバイスする。

「日本文学では俺がもっとも愛する作家だ」

「なぎちゃんたくさん本を読んでるもんね。海外作家も多いし、詩集もあるし、写真集なんか本当に一杯。野球雑誌も」

ふふ、と笑うひつじに俺は真顔で、「いいだろ野球」と返す。

「サッカーもテニスもいいけどやっぱり野球だろ」

「なぎちゃん野球やってたの？」

「いや、観客ひと筋」

「そうなんだ！　絶対エースとか似合いそうなのに」

そういうおまえこそエースだろ。

九月に入り、学校帰りのひつじは学生服はまだ夏物だけど、うっすら灼《や》けた肌に真っ白なシャツが眩《まぶ》しい。ネクタイをいっちょ前に結ぶようになったけれど、意外と下手くそみたいだ。きちんとしたノットを見たことがない。

「おまえ、二年にもなってそのネクタイはどうなんだよ。自分で結んでそうなるのか」

「賢《けん》ちゃんにはいつも教えてもらってるんだけど……なんかダメなんだよね。どうしても上手にできなくて」

困った顔のひつじに、ああもう、と俺は髪をかきむしり、「ちょい俺の前に立ってみ」と言いつける。

「おまえさ、プレーンノットじゃなくてウインザーノットにしろよ。ちょっと手順増えるけど、綺麗な逆三角形になるし、おまえに似合うぞ」

そう言ってネクタイをいったん解き、しゅるりと巻いていく。身体を近づけると、ひつじが少し緊張した顔をする。

「なぎちゃん、いい香り。シャンプー変えた？」

「鼻が利くな。最近変えた。ヘアメイクさんに勧められたやつが結構よくってさ。サロン専売品だからちょっと高いけど、俺は自分の見た目が商品だしな」

「うん……」

ひつじはちょっとくちびるを尖らせているので、「ちゃんと見てろ」と額を小突く。

「ここをこうして、くぐらして……ほら、簡単じゃん」

「ホントだ。えー、毎日なぎちゃんが締めてよ」

整ったひつじの容姿にきちんとした逆三角形のウインザーノットはしっくりとはまる。

「おかん扱いすんな」

まあそういう年だろうけど、俺は永遠の魔法使いになったという設定なんだし。

「してないよ。なぎちゃんは永遠になぎちゃん。鏡、見ていい？」

「いいぞ」

ひつじはクローゼットの扉を開けると、内側についた鏡をのぞき、「うわ」と声を上げる。

「格好いい結び方……！　これ、首のところだけゆるめてスポッと頭から抜いたらダメかな。そうすれば明日またかぶれるよね」

「横着すんな。毎日きゅっと締めるから気持ちもしゃっきりするだろ。ネットに締め方の動画がいくらでも転がってるから勉強しろ。ほら、もう今日の本は選んだんだし、うちに帰れ」

「……なぎちゃん最近本当に忙しいね。テレビと舞台の両立、大変そうだよ」

案じるひつじに、俺はなんでもないというふうに肩を竦める。

「テレビに出れば『北極星』の宣伝にもなるし、芝居を観に来るひと増えるだろ」

「でも身体大丈夫？　無理してない？」

「大丈夫だって。最近、声の仕事もちょっとずつ増えてるんだ。ナレーションとか。もともといい声をしているってお墨付きをいただいてるからな」

「……寂しい……」

ぽつりと呟くひつじがとぼとぼと玄関に向かい、振り向く。

「また明日来てもいい？」

「明日はいない。ロケで明日から二日ほど泊まりがけなんだ」

「そうなんだ……じゃあ、戻ってきた頃に来てもいい？　それまでに、お、おれ、『痴人の愛』読んでおくから」

「……まあいいけど。ゆっくり楽しめよ」

「うん。なぎちゃんも身体気をつけて、お仕事頑張って」

そこでひつじが両手を広げて待っているのを見て、俺ははあとため息をつきながらおざなりに抱き締めてやる。今度はおとんか俺は。

昔から抜けない癖みたいなもので、ひつじは事あるごとにハグを求めるのだ。背は伸びたけれど、骨格はまだ少年っぽさが残っている。どこか華奢《きゃしゃ》で、無理に力を入れたらボキッといきそうで怖い。

「ハイハイ、よい子は帰れ」

「わかったよ、意地悪なぎちゃん。またね」

やっとひつじが帰っていったことで、俺は急いで風呂に入り、簡単な食事を取る。明日からのロケに備えて覚えておかなければならない台詞がいくつもあるのだ。

単発ドラマから始まった俺のテレビ仕事は、わりと順調なものだった。名のある脚本家がついたドラマだっただけに視聴者数も多かったようで、放映後はテレビではめずらしい俺にSNSも盛り上がっていた。

『あのひと誰？　テレビでは見ないけどめちゃイケメン』

『舞台俳優らしいよ。中野の「北極星」って劇団のトップだってさ』

『「北極星」なら実力派だよ！　凪原俊介さんっていって、もうずっと不動の人気を保ってるんだよ～』

好意的に受け止めてくれる声もあれば。

『舞台出身か。どうりで演技がベタだと思った』

『なんかいろいろわざとらしくない？　一人浮いてた気がするんだけど』

などというなかなか辛辣《しんらつ》なご意見もいただいたが、俺としては、よしよしみんななんのかんの言って観てくれているんだなとほくそ笑みたい気分だ。あまりに見当違いにもこき下ろした意見には中指を立ててるだけだが。

顔を覚えてもらえるだけでもよしとしよう。いくつになってもこの顔にくらっとするひとがいるというのは気持ちいい。

明日のロケは四国《しこく》で、俺はミステリードラマに出演することになっている。台詞は完璧に入れたし、細かな表情や目遣いも鏡の前でチェックする。

ひつじ、『痴人の愛』をあっという間に読む的なこと言っていたけど、大丈夫なのか。あれ結構長いんだぞ。

――それまでに、お、おれ『痴人の愛』読んでおくから。

「おれ、ねえ」

一人苦笑してしまう。ひつじの背がどんどん伸びていくほどに、呼称も少しずつ変わっていく。最近、「僕」を卒業したらしく、つたないながらも「おれ」と言うようになった。生意気というか大人になったなというか。学校の友だちの影響だろうか。保育園時代からの親友である「ゆうくん」とは未だに続く仲で、俺もカフェで何度か顔を合わせている。彼がそういえばこの間「俺さ」と堂々と言っていたっけ。

あのね、ひつじくんね、と言っていた頃から知っている身だけに、この変化は嬉しいようでいて少し寂しい。

……寂しい。

そうも言ってたな。見た目や口調は変わっていっても、芯のところはやっぱりひつじだ。

たった数日近所のお兄さんが離れただけで寂しいなんて言うな。

こっちはもう追いつかないぐらいのおまえの成長に頭痛めてるんだぞ。なんて言うわけねえけどさ。

さて、頭を切り替えて仕事に戻ろう。

テレビと舞台の二足のわらじは思っていたより大変だ。舞台のない時期にテレビの仕事を集中させているのだが、そうすると板の上が恋しくてしょうがなくなる。自分の演技がちいさくなってしまっていないかと気になるのも毎度のことだ。

そんなに深く思い悩むならいっそテレビの仕事を辞めてしまえと思うのだけれど、まだそこまでではないし、双方魅力があるのだからバランスを保ちたい。

いま、俺はちょうど脂の乗ったいい時期に差し掛かっているんだろう。

オファーはひっきりなし、いい加減どこかのプロダクションに入ってマネジメントしてもらえよと仲間にアドバイスされることもある。まだフリーランスの身なのだ。

確かにマネージャー付きになったら楽だと思う。ギャラの交渉やスケジュールの調整などなど。他にも各所のお偉い方と付き合うのだって事務所付きになると楽になるとわかっているのだが、一人で動ける気楽さも噛み締めている。

だって、事務所付きになると仕事が制限されるじゃないか。やりたい仕事が来ても、イメージを重視するために事務所が断ってしまうケースがある。ギャラの取り分で揉めることもある。自分自身を守るという意味では事務所にいてもフリーランスでもあまり変わらないと思っているので、このひとについていこう、と思うひとが出ないかぎりは一人でいい。

明日の出発も早いし、もう風呂入って寝よう。

髪や身体の手入れを終えたら早々に寝床に入って、なにか読もうと本棚に手を伸ばしつつもうろうろしてしまう。

ひつじが「痴人の愛」を持っていったから、俺も久しぶりにあの物語を思い出す。

幼い頃から影のある美少女・ナオミを引き取り、妻としてどこに出しても恥ずかしくない女性に育てようとするものの、思惑は見事に外れ、淫婦に育っていく彼女にどこまでも惹かれていってしまうというエロティックな性癖をこれでもかと詰め込んだこの小説が俺はこのうえなく好きだった。自分好みに仕立て上げたいという欲望って男にもあるもんだよな。

……そこでちょっとひつじのことを思う。

背が高くなり、凛とした雰囲気をまとうようになったひつじ。

でも昔から変わらずいい子で、反抗期のはの字も感じられない。普通、十四歳って荒れる時期じゃないのか？　来年は中学三年で高校受験に大忙しになるだろうし、あいつ、パンクしないだろうか。

今度、賢一郎さんか陽斗に探りを入れてみよう。

反抗期中のひつじを想像して、くすっと笑い、俺は本を読むのを諦めて枕元の灯りを消して瞼を閉じた。

ひつじがある日突然金髪にして、「なんか文句あるかよ」と言ってきたら、俺は絶対腹を抱えて笑ってしまうよな……。


「ひつじくんの反抗期、ですか？　そういえばこころ当たりがないな……」

四国でのロケが無事終わった日、夕方には東京に戻れて解散となったので、その足でひつじカフェへと寄ると、陽斗が出迎えてくれた。賢一郎さんは買い出しに行っているらしい。

「十四歳って荒れる時期だろ。おまえはどうだった？」

俺がオーダーしたアイスティとホットサンドを手際よくこしらえてくれた陽斗が皿やグラスをカウンターに置いてくれながら、「うーん」と首をひねる。

「そういやわりと突っ張ってたかな。て言ってもグレたわけじゃなくて、もうその頃には役者を目指してたんで、絶対高校卒業したら東京に行くんだって父親と衝突してましたね。母と姉は応援してくれてたんですけど、父は頭の固いひとなので。なにせ福岡《ふくおか》生まれですし」

「あー確かに頑固そうだ。でも、俺も似たようなもんかな。煙草《タバコ》は肌や髪によくないってわかってたし、酒は付き合い程度できればいい。とにかく板の上でいくつ台詞を喋ることができるかのほうが重要だったから、無駄に反抗する暇があったら、演劇部にせっせと顔を出してたクチだ」

「さすが凪原さん。永遠の〝北極星〟ですね。誰よりも強く輝いてる」

「褒めてもなにも出ねーぞ」

「本心です」

「……このホットサンド美味しい」

「わ、ありがとうございます」

嬉しそうに笑ってアイスティのお代わりを出してくれた陽斗の左手の薬指にキラリと光るものを見つけて、「あ」と声を上げた。

「もしかしてそれ」

「……あ。そうなんです。へへ、じつは俺と賢一郎さん、結婚しちゃいました。概念ですけど」

概念、という言葉に思わず噴き出してしまう。

「そっか、とうとうか。おめでとう。ここまで長かったな」

「いえいえ、ひつじくんが中学生になってからって決めてましたし。実際にはパートナーになったんですけどね。中野区がこの制度を採り入れてくれていて助かりました」

「男前の賢一郎さんに、明るいおまえか。お似合いじゃないか。ひつじは賢一郎さんの養子にするんだっけ？」

「ええ、中学生を卒業したら。一応区切りもいいし、本人の合意も得られる年齢だろうしってことで」

そうか、なんだかな、そうか、なんだかなぁ……と飲み屋のおっさんのように繰り返してしまう。

『そうか』は、もうそんなに長い関係性なんだな、というところ。

『なんだかなぁ』は、ちゃんと進展しているおまえらに比べて俺はどうだろうという惑いだ。

いやいや、ちゃんとしてるしてる。なにを迷っているんだ俺は。

ていうか、まさに成長期まっただ中にあるひつじがそばにいると、どうしたって自分の年齢を感じないわけにはいかないし、これから先できることはなんだろうと思い耽ってしまうこともある。——でも、そんな戸惑いはいくら考えたってきりがないし、答えは出ない。進むか退くか、その二択だ。

だったら俺は、進む。

クソ熱い夏だろうと死ぬほど極寒の冬だろうと、昂然《こうぜん》と顔を上げて強い風の中を進んでいきたい。その意地こそがいままでの俺を支えてきてくれた強い背骨だ。

「ひつじくんがグレたらちょっと面白そうですよね、不謹慎だけど」

「まあな。あいつが金髪にしてピアスなんかつけてチャラ男になったらマジで笑うわ。腹に一発食らわせて目を覚まさせてやる」

「もう、凪原さんそんなに綺麗なのに根は体育会系なんだから。そういうあなたは、恋人、作らないんですか？　待ってるひと多いだろうに」

「俺は芝居が恋人だ」

「じゃ、ひつじくんは？」

「——は？　うぇ、ごほっ」

一瞬、思考がガチンと停止してしまう。硬い歯車と歯車ががっちり嚙み合ってしまったかのように。

俺と、ひつじ。

俺とひつじ？

なに言ってるんだ、こいつ。

なに言ってんだ？

鳩《はと》が豆鉄砲を食ったような顔をしろ、と言われたらまさしくいまの俺だろう。まったく予想していなかった問いかけだけに頭の中は空回りし、適当な言葉がなに一つ出てこない。

ごほごほとアイスティに噎《む》せ、やっと咳が落ち着いたところで「なんでひつじの名前が出てくるんだよ」と陽斗を睨む。

「だって、ひつじくんの運命の相手って凪原さんでしょう？　昔からあなたひと筋じゃないですか」

「はぁ……おまえなに言ってんの。あいつと俺何歳差あると思ってんだよ」

「凪原さん、確か二十七歳を機に年を取るのをやめたんですよね」

自分用にもアイスティを入れた陽斗がニヤニヤ笑う。おまえ、ちょっと性格悪いぞ。

「俺は男で……」

と言いかけたものの、男同士の愛情を普通に目の当たりにしているからあまり言い訳にならないなと言葉を呑み込む。

となると。

「どう考えたって年齢差がおかしいだろ」

「そうかなぁ。あと数年すればひつじくんだってもう成人しちゃいますよ。立派な一人前です。凪原さんさえ準備ができていればいつだってひつじくんが迎えに行くと思いますけど」

「なに言ってんだよアホか！」

さすがに気恥ずかしさと罪悪感が押し寄せてきて、ごほんと咳払いする。

賢一郎さんが不在でよかった。こんなくだらない話を聞かれたらあれこれ疑われる。

「もし賢一郎さんのことを心配してるなら問題ないですよ。昔から、『なぎちゃんがね、なぎちゃんがね』ってひつじくんからいろいろと聞かされてるナンバーワンですもん。あとは時間の問題だけだと思いますけど、凪原さんにはその気はないんですか？」

「ない」

きっぱりと断言した。

当たり前だ。俺にだって常識と倫理観はある。

俺はいわば魔性の男で、ひつじは……ひつじは。

「まだ子ど……」

「凪原さん」

ぐ、と言葉に詰まる俺のくちびるを陽斗がひと差し指でふさいでくる。なんだこの艶《つや》めいたシチュは。おまえ、劇団でラブコメ頑張りすぎじゃないのか。

「いまは無理して答えを出さなくてもいいんじゃないですか。そういう可能性があるっていうことを胸に留めておくだけでも」

どんなんでも可能性を残すわけにいかないだろう。

憤然としてアイスティを飲んでいる俺の後ろで、入り口のドアに付いたカウベルが鳴る。

「あ、いらっしゃい凪原くん」

「賢一郎さん、お邪魔してます」

「おかえり、賢一郎さん。荷物受け取るよ」

「サンキュ」

笑顔で戻ってきた賢一郎さんと陽斗のさりげない愛情を目にして、俺は内心深いため息をつく。

賢一郎さんの左手にも確かな輝きが存在している。

おまえらはしあわせでいいけどよ……。

なんで俺とひつじなんだよ。違うだろ。問題ありすぎだろ。

ぶつぶつ言いたいが、口に出したところで全部アホみたいなことになりそうだから黙っておくにかぎる。

ふっと、この間ひつじのネクタイを結んでやったことを思い出した。

いまにも俺を追い越しそうな身長の伸び方。

健やかに育ち、硬い骨格で俺にハグを求めてきたひつじ。

適当に抱き締めて背中をぽんぽんとしてやると嬉しそうに頬を擦り寄せてくるあいつに、もこもこのぬいぐるみ以上のなにを求めろっていうんだ。

……なにを？

……なにが、あるんだ……？

その年一杯、ひつじから「痴人の愛」は戻ってこなかった。

ひつじと俺の熱

季節は巡り、また夏がやってくる。

豊穣の秋を喜び、厳冬を乗り越え、すべての命が芽吹く春を迎えた後に訪れる夏は、伸びてゆく季節だ。

真っ青な空に白い雲が映える日々の中、夏休みを過ごしているひつじは中学生最後の記念ということで、賢一郎さん了承のもと、ゆうくんたち親友と三人で三泊四日の沖縄の旅へと元気に出かけていった。いいことだ。少年はどこにでもゆけ。

鷹揚《おうよう》に見送ったのもつかの間、あっという間に時間は過ぎていって四日目の夕方、俺が都内スタジオでの撮影から早上がりで戻ってくるのと同時にひつじから電話がかかってきた。

「もしもし」

『あっ、なぎちゃん？　いまいい？』

「ああ。てかおまえ、沖縄じゃないのか」

『さっき羽田《はねだ》に戻ってきたとこ。なぎちゃんに一杯お土産買ってきたんだ。今から行ってもいいかな』

「いいけど」

言いながら俺は私室の窓から外を見る。さっきまで晴れていたのに、いきなり黒い雲が集まり出してひと雨来そうだ。

「雨降りそうだぞ。来るなら気をつけて来いよ」

『わかった。すぐ行くね』

いつ聞いても嬉しそうな声には文句が言えない。

とりあえずざっと室内を掃除し、冷蔵庫になにも入ってないことに気づいてアパート前のコンビニに走った。ぽつん、と雨粒が落ちてきたのはそのときだ。大きな雨粒だから、ゲリラ豪雨になるかもしれない。

慌ててアパートに帰り、窓を少し開けておく。間もなく、ザアッと土砂降りの雨が音を立てて降り出してきた。

ひつじ、大丈夫かな。折りたたみ傘ぐらい持ってるか。

しばらくぼんやりと炭酸水を飲みながらテレビを観ていると、部屋のチャイムが鳴る。すぐに腰を浮かして玄関の扉を開けるなり、黒い塊がわっと飛び込んできた。

「た、ただいまなぎちゃん、土砂降りにやられた」

「おっまえ、ずぶ濡れじゃん！　ちょい待ち」

頭からぐしょ濡れのひつじは髪の先からもぼたぼたと水滴を落とし、前髪も垂れて目も見えない。そのまま部屋に上がらせるわけにはいかないから洗いたてのバスタオルを持ってバサッと頭にかぶせてわしゃわしゃと拭ってやった。

「駅で電話くれりゃいいのに。傘持ってなかったのか」

「持ってたけど、ボストンバッグの底に入ってて取り出すのが面倒で」

「バカだなもう……」

タオルをもう一枚渡すと、「ありがと」とひつじは湿った髪の合間からちらりと目をのぞかせて笑う。その明るいブラウンの濡れた瞳にどきりとし、ハッと息を呑んだ。

……なんだこの雄っぽい色気は。

沖縄に行く前には感じなかったものだぞ。

「あー下着までぐしょぐしょだ。ねえなぎちゃん、シャワー借りてもいい？」

「あ、……ああ」

濡れそぼった髪を拭ったひつじは濡れて肌に張り付いた白いシャツを気持ち悪そうにつまむが、それがかえって逞しく引き締まった若々しい身体を誇示しているようで、目のやり場に困る。

こいつ……いつの間にこんなに雄々しくなってたんだ……？

沖縄でなんか特別なトレーニングでもしてきたのか？　強化合宿だったのか？

線が細いとばかり思っていたのに、こうして向かい合わせに立つともう彼のほうがわずかに視線は高い。そのことに気づいてないのか、ひつじは無防備に俺の前で服を脱ごうとするので、慌てて彼の背中をバスルームに向けた。

「シャワー浴びてこい。着替え、貸してやるから」

「え？　ホント？　ありがとう。じゃ、玄関に荷物置かせてね」

ボストンバッグを玄関横に置き、服の上の水滴を拭き取ったひつじが「お邪魔します」と上がってくる。そのままおとなしくバスルームに入っていったので扉を閉め、俺はやけに胸をドキドキさせながら自分の衣服の中からストックの下着や、洗ったばかりのTシャツ、ハーフパンツを用意して脱衣所に置く。

雨がやむまでならこれで大丈夫だろう。ここからひつじカフェはすぐなんだし。

……つか、うちに来る前に自分ち帰れよ。

シャワーの音がかすかに扉越しに聞こえてきて落ち着かない。もう一回コンビニに行こうかなと思うが、窓の外を見るとバケツをひっくり返したような雨が降っている。

テレビの音を大きくして、自分の鼓動の高鳴りを消したい。

相手は三歳から見てきたひつじだ。自分の息子みたいなもんで動揺する必要なんか……ないはずなのに。

『じゃ、ひつじくんは？』

昨年の夏、陽斗が放った言葉がいまでも胸の奥深くに突き刺さっている。

いやいやいやいやアホか俺は。相手は未成年もいいところで、可愛い以外のなにものでもない。確かに男らしくなったが、それはたとえば年の離れた甥っ子を見るような家族的なものだろう。断じて俺は陽斗の言葉に踊らされたりなんかしないぞ。

陽斗の奴め、今度会ったらぶっ飛ばす。あいつは昨年のことなんか覚えてないかもしれないけど、こっちはきっちり落とし前をつけてやる。

ひつじがどう思おうと、俺のほうでお断りだ。あんなガキが俺の相手になるわけがない。

「ふぁー、気持ちよかった」

天真爛漫な声とともに、俺の服に着替えてきたひつじがタオルで髪を気持ちよさそうに拭って出てきて、びくんと肩が跳ね上がった。

「ありがとうなぎちゃん、すっきりしたぁ」

「あ……よかったな。え、っと、なんか飲むか？　コーラとかウーロン茶とか」

「じゃあコーラ」

ふう、とひと息ついてひつじは床に敷いたクッションに腰を下ろし、のんびりと脚の短いテーブルに肘をつく。

「沖縄、楽しかったか」

「もうめちゃくちゃ楽しかった！　お天気続きだったしさ、海もすごく綺麗だった。なぎちゃんが一緒だったらもっと楽しかったのにな。お土産にね、沖縄そばやちんすこう買ってきたんだ。いま食べる？」

「……お菓子ぐらいなら」

「食べよう食べよう」

いそいそとひつじは荷物を開けに行き、ジリリとジッパーを鳴らしてバッグを開ける。それからごそごそと探り、どっさりお土産を両手に戻ってきた。

「ご当地のお菓子に沖縄そば、あとうみぶどうも。それから琉球ガラスのグラス。ちいさい頃は買って帰れなかったから。俺とおそろいね」

「……重いだろうに」

「俺は黄色で、なぎちゃんは青。ほら、見て。綺麗じゃない？」

プチプチの梱包を解いてグラスを見せてくれるひつじはにこにこしている。屈託ない笑顔だが、まさにそれは少年期を終えて青年期へと入ろうとしている精悍《せいかん》な面差しだ。賢一郎さんの血を強く引き継いだんだろう。

……おまえ、こういう顔するんだ……。

なんだか突然へなへなと力が抜けてしまうような、それでいてしっかりしろと自分を叱咤《しった》するような相反する気持ちに襲われて言葉に詰まる。

「どうしたの、なぎちゃん。疲れてる？　熱ある？」

ひつじが心配そうに言ってさりげなく俺におでこをコツンとぶつけてきた。それでドッドッドッと一気に心臓が機関車のように駆け出す。

ひつじの体温が額から流れ込んできて俺をパンクさせる。

目と鼻の先でぱちぱちと瞬きするひつじの長い睫毛がぶつかりそうで、甘やかさが交じるその茶色の瞳でじいっとのぞき込まれるととてもじゃないけど耐えられない。

ひつじの目力の強さに、俺のほうが先にギュッと瞼を閉じてしまった。

なんてザマだ。

「な、な、っ」

「なに？　あ、熱は大丈夫かな……でも声掠《かす》れてない？　風邪の引き始めかもよ。夏風邪って長引くとつらいんだから、ちゃんと養生したほうがいいよ。ほらほら、俺がお布団敷いておくからなぎちゃんシャワーさっと浴びてきちゃって。おかゆとか食べたい？」

「た、べな、い」

かえれ。

おまえはうちに帰れ。

そう言いたいのにひつじにぐいぐいと腕を引っ張られてバスルームに押し込められた。さっきのひつじの湯気がまだ残っていて湿っぽく熱い。それに負けて俺はもうろうとした意識で服を脱ぎ、のろのろとシャワーを浴びる。

思ったより背中に汗が噴き出していて、熱いシャワーが気持ちいい。

……どうなってんだ。なんで俺こんなに動揺してんだ。わけがわからない。ただ額をぶつけて熱を測られただけだろ。

……そうだけど、ひつじに上から見下ろされたのは初めてだ。急成長しすぎ。のびのびしすぎ。ぼやくだけぼやいて身体中を泡立てて隅々まで洗い流し、ようやく心臓が落ち着いたところでシャワーを止めた。

「あ、なぎちゃん、そこに着替え置いといた。勝手にタンス開けてごめんね」

脱衣所の外から声が聞こえてくる。

「いや……」

勝手知ったる家だろうし、べつにひつじにならなにがどこにあるか知られていても嫌じゃない。いつになく強めに髪や肌をタオルで擦り、こころに巣くうもやもやしたものを追い出したかった。

新しいTシャツと下着にハーフパンツを身に着けると、ぐらりと身体が傾ぐ。

ヤバ。マジで体調崩したかな。ここ最近仕事が詰め気味で忙しかったし。

ぼうっとする意識で部屋に戻ると、きちんと敷いた布団のそばにひつじがちょこんと正座していた。絨毯《じゆうたん》張りの洋間なのだが、俺はベッド派ではなく断然布団派だ。地方ロケや遠征で仕方なくホテルのベッドで眠ることもあるけれど、自宅では高さを気にせずくつろげる布団がいい。俺、結構寝相が悪いしな。布団だと床に落ちる心配がない。

「……ちょっと寝る」

「大丈夫？　ここ、薬ある？　うちから持ってこようか」

「そこの棚の一番上の抽斗《ひきだし》に常備薬の箱があるから取ってくれ」

「わかった」

ひつじはてきぱきと動き、常備薬箱から風邪薬を取り出すと、水で満たしたグラスと一緒に持ってきてくれた。

「なんか食べなくていいの？　お腹空っぽじゃないよね」

「帰ってくる前にちょっと食べたから大丈夫だ」

言いながら、粉薬の封を切ってさらりと口内に落とし、水で流し込む。途端にぞくんと寒気がこみ上げてきて、俺はそそくさと布団の中にもぐり込む。いま体調を崩している場合じゃないんだぞ、と思うものの、ちょうど明日はオフだ。たまにはしっかり身体を休めたほうがいい。ずいぶん前、やっぱりひどい夏風邪を引いて参ったことがあったな。あのときもひつじに心配をかけてしまったっけ。

「……ひつじは帰れ。風邪、移る」

「ううん、ちょっと前に俺も風邪引いたから大丈夫。なぎちゃんは心配しないで寝てて。俺、うるさくしないからそばにいていいでしょ？」

ダメだ、とは言いきれないうちに疲れが出てきてうとうとしてしまう。

「おやすみなさい、なぎちゃん」

にこっと笑うひつじが夏掛け布団の上からぽんぽんとやさしく叩いてくれる。なんだかな、立場がいつもと逆だろ……。ぶうたれたいが、風邪薬の眠気に負けて瞼を閉じた。


はぁ、と自分の息遣いでふと目が覚める。

どれぐらい寝ていたんだろう。頭はまだぼうっとかすむが、さっきよりだいぶ呼吸が楽になった。俺はどうも、冬より夏に風邪を引くタイプみたいだ。外気の暑さと、屋内の冷房の寒暖差にやられてしまいがちなんだろう。自慢じゃないがインフルエンザにもノロウイルスにもかかったことがないのに、夏風邪だけは吹き飛ばせない。

……あったかい。

まだ蕩けている意識で横を向くと、すぐそばにひつじが横たわっていた。クッションを枕に、余分のタオルケットをかけてすうすう寝ている。

なぜか、俺と手を繋いだまま。

そして顔のそばには寝落ち寸前まで読んでいただろう谷崎潤一郎の「痴人の愛」の文庫本があ

った。昨年夏に貸して以来この本に取り憑かれたらしいひつじは、自分用に新しく買ったみたいだ。官能的な真っ赤な表紙が目にも鮮やかで、なんだか苦笑してしまう。

おまえもだいぶ大人になったじゃん、ひつじ。そのうち、愛のなんたるかを語るようになるんだろうか。俺はきっと大笑いしてしまうだろうけれど。

布団の中からそっと手を伸ばして、目にかかる茶色のくせ毛をさらりとかき上げてやる。子どもの頃はほんとうにくるんくるんの巻き毛だったが、成長するにつれて癖はだんだんと収まり、いまは腕のいい美容師にカットしてもらっているんだろう。もともとの癖がいいほうへアクセントになるよう整えられていて、ひつじの精悍な相貌を華やかに仕上げている。

せ、精悍。

自分で言っていて声に出して笑いそうだ。

ひつじをまるで一人の男のように見ている自分がこころのどこかにいて、戸惑うけれども。

……相手はひつじだぞ？　くるくる右巻きのひつじだぞ？　お尻をふりふりしながら椅子から下りていた頃から知ってるし、甘ったれで頑固で、ハチャメチャな物語を作るのが大好きな子どもをいまさら他人のように見るなんて。

いや、他人だけどさ。

でも、まるっきりの赤の他人というわけでもない。

近所の面倒見のいい綺麗なお兄さん、という立ち位置を守りたいものだが、もしかしたらひつじにとっちゃ寄りたいときに寄れるシェルターのひとつ、みたいなもんかな。保護者の一人とか。そういえば、賢一郎さんの養子になったんだっけ。もとから「大野羊介」ではあったけど、いまはちゃんと胸を張って言えるな。

「大野羊介くん」

「……はい……」

むにゃむにゃと寝言を言いながら、ひつじがきゅっと指を絡めてくる。ひと差し指をしっかり握られてちょっと胸が弾んでしまう。

こいつ、初恋まだなのかなぁ。昔からモテてモテて困っちゃうひつじだったが、最近はどうなんだろう。ゆうくんもかなりモテる子だと聞いたぞ。沖縄旅行で綺麗なお姉さんたちにナンパなんかされてないだろうな。

ひつじ、面食いなんだよな。賢一郎さんっていう完成された大人の男に育てられてきたんだから、自然と目が肥えているだろう。陽斗だって明るく華やいだ顔立ちをしているし。

あの二人のもとで育っていたら、自然と他人を見る目が養われるだろう。カフェでも日々多くのお客さんを迎えているわけだし。幸い、ひつじカフェは地元のひとびとに愛されている店で穏やかにこの街に根を下ろしたが、たまにはうるさい客や面倒な客もやってくる。陽斗や俺目当てのファンに押しかけられることもある。

でも、どんなときでも賢一郎さんは慌てず、穏便に対処していた。なので俺たちも、「ここはプライベートなので」と丁寧にサインや写真は断り、「また劇場で待っていますね」と応えるようにしていた。

役者を始めてかなり経つが、運のいいことにガチのストーカーにまとわりつかれたことはまだない。その前に俺のほうで「迷惑なんで」とぴしりと断るようにしているからだ。アパートを突き止められたり、行きつけの店を知られたりすることは致し方ないけれど、そこから先は一歩も立ち入らせない。

冷たく聞こえるようだが、俺は役者で、板の上で輝きたいんだ。プライベートを切り売りしたいわけじゃないし、もし援助を申し出られたとしても自分でバイトして稼ぐほうがずっと精神的にいい。

というわけで、俺はこの年になっても浮いた噂が一つもなかった。このできすぎた顔に反して恋愛沙汰に巻き込まれないのはどういうわけだと劇団の仲間にもはやし立てられたことがあるが、面倒そうだなと思った奴は片っ端から排除しているからだろう。

……そう考えると、かたわらのひつじなんかもっとも面倒な手合いなんだけど、同性ということもあってかまあなんとなくずるずると腐れ縁的な感じでここまで来てしまった。

安心しきった寝顔を見ていると、こころが落ち着く。俺の部屋で他人が眠るなんてほぼないに等しいことだ。ひつじは長身を折り曲げ、タオルケットをかぶってくうくうと寝ていて、たまにいもむしみたいにもがもがと動く。

それからふいに瞼を開け、とろんとした目つきで、「なぎちゃん……？」と呟く。

まだ意識のほとんどは眠りの中にあるんだろう。おぼつかない声が幼い頃を思い出させるようでいて、俺は知らず知らずのうちにひつじの髪をくしゃくしゃと撫で回していた。

「ふふ……っきもちいい……」

そのまままた目を閉じて数分眠っていたひつじだが、ようやく「あー」と伸びをして起き上がる。

「釣られて寝ちゃった……。なぎちゃん、お腹空いていない？」

「……ちょっと」

「おかゆ作ろうか。さっきなぎちゃんが寝てる間にコンビニでレトルト買ってきたんだ。たまごと鮭、どっちがいい？」

「たまご」

「わかった。ちょっと待っててね」

年下のひつじに看病されるなんて恥の極みだけれど、身体が弱っている状態ではなにもできない。助かるのは、こころが折れてないことだ。

いや、揺れてはいるか。

沖縄帰りのひつじの急激な成長に追いつけず、慌てふためいている。あの額コツンをもう一度やられたら、俺は今度こそ四十度の熱を出す自信があるぞ。たかだか十五歳でスパダリの片鱗なんか見せんなっつーの。

布団の中でごろごろしていると、キッチンで食事の支度を調えていたひつじが見覚えのない木製のトレイにおかゆの入った深皿と、リンゴを盛り付けた皿を載せて運んできてくれた。トレイはひつじカフェから持ってきたんだろう。

「起き上がれる?」

「んー……」

まだ身体が重いがなんとか起こし、ずりずりと窓際の壁に寄りかかる。外はまだ雨で、薄暗い。

「はい、なぎちゃん。あーんして」

スプーンですくったおかゆをふうふうしながら、ひつじが笑顔を向けてくる。

やると思ったよ絶対。

「おまえ、将来は介護職に就け。向いてるぞ」

「なぎちゃん専用ならいいよ。はい、あーん」

「あ」

「ん、は言わないんだ」

無視しているとひつじがくすくす笑い、スプーンを口に運んでくれる。レトルトでも他人が温めてくれたものだと思うとやけに美味しい。おまけに、鰹節まで振ってあっていい香りだ。

はふはふ言いながらおかゆを平らげ、リンゴに目を向けたところでふはっと笑ってしまった。

それはいつぞやの俺がこいつにしたみたいなウサギさんリンゴだったからだ。綺麗に背中に切れ込みを入れて、ぴょんと耳に見立てているリンゴを囓《かじ》ると甘酸っぱくて喉が潤う。

「……旨い」

「よかった。このリンゴ、みずみずしくて美味しいよね。賢ちゃんがお客さんにもらったんだって」

「そっか。……そういやおまえ、賢一郎さんの養子になったんだろ？　心境の変化とかあるか」

「う、んと」

ちょっと考え込んだ顔をしたあと、ひつじは顔をほころばせる。

「すごく嬉しい。ずうっと賢ちゃんちの子だと思ってきたから、やっとほんとうにそうなれたんだって。賢ちゃんとはるちゃんが俺のお父さんだと思うと嬉しくてたまらなくなる」

おまえはよくできた子だ、ひつじ。

感動屋ではない俺でもぐっと来る。

いろいろと複雑な家庭環境だったろうに、よくまあここまで素直に育ったもんだよな。

「近所のお兄さんとしてはおまえの成長が誇らしい」

「近所の……おにいさん？」

リンゴを咥《くわ》えていたひつじがちらっと視線を向けてきて、「ふうん……」と言ったきり黙る。

「なんだよ、こんなに麗《うるわ》しいお兄さんが近所に住んでいて嬉しいだろ」

「嬉しいよ。でも……お兄さんっていうか……」

「おじさんとか言ったらぶっ飛ばす」

「じゃなくて。そうじゃなくて」

ひつじの声に焦れたものを感じるが、こっちもまだ身体がだるくて本気で取り合うわけではない。腹が満たされたところでもう一度薬を飲み、横になる。

そこで、床に置かれた「痴人の愛」が目に入った。

「なあ、おまえの将来の夢ってなんなん？」

「え？」

「部活にはとくに入らなくて、学校じゃ図書委員やってんだろ。本をよく読んでるみたいだけど、ただの趣味なのかそれ」

「なぎちゃん……ホント鋭い」

ぱあっと顔を赤らめたひつじは久しぶりに見たかもしれない。もじもじと文庫本を弄り、「あ、あのね」と言う。

「……笑わないで聞いてくれる？」

「笑ってないだろ」

「でも俺のジーンズのお尻がやぶけたとき、なぎちゃん笑ったもん。あと、歯が抜けたときも」

「めちゃめちゃ粘着だなおまえ。あれはさー、単なる愛情表現。ここまで大きくなってお兄さんとしては感慨深いわけだよ」

愛情表現と自分で言っておきながら噴いてしまいそうだが、いやいや今日こそ真面目な顔をしないとさしものひつじでも気を悪くするだろう。

「あの……」

「なんだよ。俺とおまえの仲だろ。言ってみ」

布団に横たわる俺をじっと見つめて、ひつじが何度か口を開いたり閉じたりする。言葉を探しているようで、もう見つかっているけれど口にするのをためらっているようで。

「聞きたいから教えろよ」

そのひと言がダメ押しになったらしい。ひつじが意を決したように、文庫本をぎゅっと握る。

「……本、書きたいんだ。できれば……脚本家になりたい」

「脚本家？　小説家とかじゃないのか」

「なぎちゃんに出てもらえるようなドラマやお芝居の話が書きたいんだ。いつか絶対」

一度言いきってしまうと腹が決まったらしく、ふう、とひつじは深く息を吐く。

「ちいさい頃から俺、お話作りが好きだったでしょ。だめもんまんのノート、いまでも大事に取ってあるんだ」

「そういやあの頃おまえ延々と書いてたな。だめもんまんと……あいあいちゃんだっけ？」

「そう！　覚えててくれた？　いつもダメダメ言うだめもんまんなんだけど、親友のあいあいちゃんのピンチになると誰よりも早く駆けつけるんだよね。あいあいちゃんもそう。だめもんまんのためならどこからでもシュッと飛んできてくれる。あの二人みたいな関係性が書きたくて」

ちいさい頃からひつじはたくさんの本に触れてきた。アニメやマンガも大好きで、好きなキャラクターを使ってはよく自分なりの話を作って聞かせてくれたものだ。

それが高じて、脚本家になりたいとまで言うとは。しみじみとひつじの成長にじいんと来てしまう。風邪のせいもあって感情の制御ができないせいか、うっかりするとじわっと涙ぐみそうだったからあえて洟を強く啜った。

「もうなんか書いてるのか」

「うん、少しずつ。スマホのアプリを使って」

「見せてみろよ」

「えっ、いまここで?」

さすがに恥ずかしいらしくひつじはううと唸っていたけれど、俺も俺でしつこく「見せろよ、減るもんじゃないし、ちゃんと読むから」とねじ込む。

三歳のときからずっと見てきたひつじが大きくなって、どんな物語を生むのか気になって仕方がない。

「途中までだけど……いま見せられるのはこれ」

顔中真っ赤にして、ひつじがスマホを渡してきた。画面には縦書きのアプリが表示されている。なるほど、これを使って話を書いてるのか。これなら場所も時間も選ばなくていいよな。

どんなつたない話が書かれているのだろうかとなかば頬をゆるめながら読み進めていく中で俺

はいつしか真剣になっていた。

それはさながら、オスカー・ワイルドの戯曲「サロメ」を思わせる大胆不敵な愛憎を描いた話だった。

戯曲「サロメ」は、新約聖書を題材にした話で、ユダヤの王エロドは、自分の兄である前王を殺して妃を奪い、いまの座に就いた。そのうえ、妃の娘である王女サロメに淫らな目を向ける。その視線に耐えられなくなったサロメは宴を抜け出し、預言者であるヨカナーンが閉じ込められている井戸へと向かう。そこでは預言者が不吉な言葉をわめき散らしているのだが、サロメはひと目で彼に恋してしまい、どんなに拒絶されてもヨカナーンにくちづけをするのだと誓う。

義父であるエロドのもとへ戻ったサロメは繰り返し執拗にダンスを要求され、褒美になんでもやろうと約束されるのだ。そこで、サロメは七つの踊りを見事に披露し、代わりにヨカナーンの首を求めるのだが……という狂気と官能を秘めた力強い作品である。それを下地にして、報われない愛を欲する女性が究極の美貌を持つ男に落ちていく話が濃密にスマホの中に描かれていた。

「……なんか、すごい」

「ホント？」

「おまえ、怖いな。その顔でこういう話書くのか。ませてるぞ」

べつにエロいことを書いているわけではないのだが、愛を得るためならどんなことでもするという人物像をこのひつじが書いたのだと思うとやたらドキドキしてしまう。

「この究極の美貌を持つ男っていうのをなぎちゃんに演じてほしいんだよね」

「は？　俺が？」

そりゃまあこの年になっても劇団イチ花をもらい、テレビ出演も安定してきている俺なわけですが、若々しいひつじの書く無謀なまでの狂気を果たして演じられるかどうか。

一瞬真面目に考え込んでしまって、――バカバカしい、とふっと笑う。

「俺にオファーするには百年早すぎ」

「えー。でもさっきは面白そうに読んでたのに」

……まあそうなんだけどさ。「サロメ」自体は俺も好きな話で、いつかトライしてみたいと思っていた。ただ、現実的に考えたらかなり迷ってしまう。十年前ならいざ知らず、いまの俺はいい大人だぞ。海外でも難度の高いと言われているこの戯曲はオペラとなって、サロメのダンスの大変さにはそこだけ代役を立てることもあるのだとか。

もし、これを「北極星」でやるとなったらオペラではなくなるものの俺は出ずっぱりになる。

他の誰かから持ち込まれた話だったら自分の体力とやる気を天秤にかけて唸るところだが、ひつじの必死な顔を前にしていると無下にはねつけるわけにもいかない。

「いつか、やってみてほしいんだ。なぎちゃんが誰よりも輝くように書くから、絶対にいつかお芝居として演じてみせてほしいんだ」

「おまえも結構無茶言うよなぁ。俺をいくつだと思ってんだよ」

「永遠の美しい魔法使い」

「こら」

そこで噴き出したひつじに釣られて、俺もゆるく笑ってしまう。

話し込んでいたらまただるくなってきた。もう熱は上がらないみたいだが、たぶん薬の効果だろう。

「……もうちょっと寝るわ。おまえ、好きに帰っていいぞ」

「ダメダメ。ちゃんと俺にお世話させて。こんなときじゃないとなぎちゃん好きにさせてくれないもん。着替えはいい？　汗かいてない？」

「大丈夫」

「じゃ、もう少し寝よ。次に起きる頃にはきっとよくなってるよ」

「だな」

なんだかんだいってもひつじの言葉に乗せられている自分を可笑しく思うが、悪い気分じゃない。

ひつじが本を書きたいと言ったことにも驚いたが、さらにびびらされたのはその内容だ。だめもんまん一色で育った彼なんだから、もっと脳天気な話を持ってくるのかと思いきや、複雑な愛を描いた作品でそわそわしてしまう。

「あ、他にもね、だめもんまんとあいあいちゃんみたいな明るいコンビものも書いてるよ」

「……今度はそっちを読ませろ」

「わかった」

にこにこ言って、ひつじは俺の額に冷却シートを貼り付ける。

ひんやりした感触と、髪をえり分けてくれるひつじの指が心地いい。

——侮れないな、こいつ。

長いことそばで見てきて全部を知っているつもりになっていたけれど、そんなことはなかった。

あといくつ、俺の知らない顔を持っているんだろう。

ていうかおまえ、その呑気な顔のどこにこんな激しい感情を秘めていたわけ？

思春期ってマジ怖いわ。

……まあでも、果てしなく伸びしろがあるよな、こいつ。

見ていて飽きないし、「サロメ」とだめもんまんみたいな両極端の世界を生み出せるのは才能かもしれない。

見ていたい、かも。

もっと、近くで。

もう少しだけ。

俺も夢が見たい。

ひつじと俺の勘違い

「なーぎちゃん、おはよう」

「……おう、おはよう。つか、なんで毎朝毎朝律儀にうちに寄るんだよ」

「だって俺の高校あっちだし、寄りやすいんだもん。なぎちゃんも今月一杯は朝が早いって言ってたし、目覚まし代わり。ね、ごはんもう食べた？」

「まだ」

「だと思って、うちからサンドイッチ作ってきた。一緒に食べよ」

朝の六時半、アパートのチャイムを鳴らすひつじは早くも高校二年生となり、まっすぐな青年らしい雰囲気をまとっているが、笑うとやっぱりどこか幼い。

「賢一郎さんに作ってもらったのか」

「ううん、俺が作った。たまごサンドとハムとレタスサンド。牛乳あったよね。いま入れるね」

慣れ親しんだ家のように部屋に上がってくるひつじは冷蔵庫を開け、飲みかけの牛乳パックを取り出してグラスに注ぐ。そしてラップに包んだサンドイッチをランチバッグから取り出し、「はい」とテーブルに置く。作りたてのサンドイッチはまだたまごがほかほかしていていかにも美味しそうだ。

ちょうど顔を洗ったばかりの俺はお言葉に甘えてテーブルにひつじと向かい合わせに腰掛け、牛乳をひと口。それからラップを剝がしてサンドイッチにかぶりつく。

「ん、旨いじゃん。たまごふわふわ」

「でしょでしょ。ハムレタスサンドも美味しいからどうぞ」

厚みのあるハムレタスサンドを摑んであぐっと頰張る。

「……もしかしてマスタード、自家製か？」

「そう！　さっすがなぎちゃん。気づいてくれると思った」

「レタスがしゃきしゃきして水っぽくない。ハムも美味しいな」

「レタスに水気があるとパンまで水っぽくなっちゃうからね。慎重に作ってみたんだ……はぁよかった。なぎちゃんに喜んでもらえて俺の今日の嬉しいポイント満点」

「なんだそれ」

二人で笑いながらサンドイッチを食べ、一緒に部屋を出る。俺は都内のスタジオへ撮影に。ひつじは高校へお勉強しに。

新しい年が来るたびに俺とひつじは年齢を重ね、けっしてその差は埋まらないのだけれど、最近はもうなんだか気にならなくなってきた。ここまで来ると家族同然だ、と言いたいところだが、日に日に大人びていくひつじを見ているとやっぱりちょっと落ち着かない。

賢一郎さんと陽斗が晴れて中野区の制度に則ってパートナーになったとき、俺は陽斗に恋の可能性を問われた。

『あなただったら待っているひとは多そうなのに』と。

それに対して、俺は「芝居が恋人だ」と青くさいことを返した。

のだが、話はそこで終わらない。


『じゃ、ひつじくんは？』


あの言葉が、日を経るごとに重みを増して胸に突き刺さる。

俺は、ひつじのなんなのだろう。ひつじは、俺にとってどんな存在なのか。

あらためて考えるとよくわからなくなってくる。

ちいさい頃からの顔見知り、というだけで済ませてしまったほうが安全なのだけれど、そうするにはひつじがあまりに強く俺の毎日に食い込んでくる。

誕生パーティだって毎年招かれているし、ハロウィンやクリパも一緒に過ごした。もちろん俺には仕事があるので、そっちでの付き合いが終わってからカフェに合流するのだが、ひつじや賢一郎さん、陽斗は当たり前のように俺の帰りを待っていて、もう何度もクラッカーで出迎えられている。

なんなら年始年末だってともに過ごす仲で、ひつじの学校行事にも参加させてもらうことがよくあった。

ここまで来ると、単なる知り合いの近所のお兄さんでは済まないんじゃないだろうか。だからといって、他にしっくり来る形容詞が見つかるわけでもない。

焦げ茶の髪に明るいブラウンの瞳をしていたテディベアみたいな子どもは大きくなるにつれて深みを増し、いまはダークブラウンのより惹きつけられる目をしている。身長は百八十三センチと景気よく伸びて、賢一郎さんと引けを取らない。高校でも部活には入らず、図書委員をしているんだとか。そこで浴びるように本を読み、読書好きの友人といろいろと面白い本を教え合っているらしい。なのにちょっと身体を動かしただけでしなやかな筋肉が備わるらしく、神様は不公平だ。

中学三年の夏に物語を見せてもらった後も、ひつじはちょくちょく俺に書き上げた話を持ってきた。まだまだいろいろ描写が足りないなとか、掘り下げが必要だなと細かい点は気になるものの、大筋ではたまらなく惹きつけられる話を書くのだからこいつの才能は本物かもしれない。

「そろそろおまえも大学進学を考える時期だろ。どこ行きたいんだ」

歩きながら、なんとなく訊いてみる。

「国立大を目指してるんだ。ちょっと高望みかもしれないけど、せっかくだから上を目指したくて。日本文学を専攻しながら、バイトも一杯して、あちこち旅したい。知らない土地に行っていろんなものを見て物語に反映させたいんだ」

目を輝かせながら語るひつじが眩しくて、俺は目を細める。

俺も、ひつじぐらいのときはこんなだったかな。やってみたいこと行ってみたいところが次々に浮かんで、考えるよりも先に身体が動いてしまうような衝動に襲われる時期だ。

「思いきり好きなようにやれよ。俺は――応援するから」

バンッと背中を叩くと、「うん！」とひつじは満面の笑みを浮かべ、曲がり角で「じゃあね」と手を振って歩いていく。

俺も意気揚々と駅に向かって歩いていったわけだが、事件はその日の夜起こった。

仕事を終えて腹を空かし、ひつじカフェに寄って帰ろうとしていると、戸口の前でひつじが誰かと話し込んでいる。

……女子高生だ。

さっと電柱の陰に隠れる俺はなんなんだ。変質者か。

「困るよ。こんなことされても俺」

「お願い！　大野くんだから……私」

おっとメロドラマに遭遇。

そろっと電柱の陰から様子を窺うと、ひつじと同じ学校に通う女子らしい。思い詰めた顔でなにか訴えている。

困った顔のひつじは彼女の積極的な態度をはねつけるわけでもない。

……なんだよこれ、告白シーンか？

ひつじ、モテるじゃん。いやそれは昔からわかっていたことだけど、高校生ともなるとこういうのは日常茶飯事か。

むらむらと面白くない気持ちがこみ上げてきて、胸が痛い。

焦れて、歪んで、熱くて、叫び出したいぐらいだ。

若い彼女に罪はない。でも、でも俺のほうがよっぽどひつじのことを知っているぞ。こいつが甘えん坊でぐずぐず言いながら俺に寄り添い眠っていた頃から世話してきたんだ。乳歯が抜けてマヌケな顔をしていたことも、ジーンズの尻をやぶいたことも、「なーぎちゃん」と甘く呼んでくる声も全部全部知っている。いまさら誰かにかっさらわれるなんて……。

……なんだろうこれ、この感情……。

俺らしくもない。

どろどろと熱いマグマのようなものが胸の中を渦巻いていて、頭から湯気が出そうだ。もしくは嵐の中に放り込まれてしまったような。身動きが取れなくて、ただただじっと二人を見守るしかなくて不甲斐ない。

「でも俺」

ひつじ、男らしくないぞ。でもとかなんとか言ってないではっきりしろはっきり。

憤るままに一歩踏み出してしまったのがいけなかった。地面を擦る靴音にひつじがパッと振り向き、「なぎちゃん！」と口元をほころばせる。

「わ、ちょうどよかった。待ってたんだよ〜」

「え？　は？　はわ？」

「あのね、彼女ね、ずうっとなぎちゃんのファンで、どうにかプレゼントを渡したいって言ってたんだ。でも直接渡すのが恥ずかしいから俺づてにって言われてたんだけど、ほら、凪原俊介さんだよ」

「あ、あ、あ」

てっきりひつじに告白しているかと思った彼女は俺を見るなり顔を真っ赤にし、「──あの！」と息を吸い込んで紙袋を押し出してきた。

「い、いつもお芝居楽しみにしてます……！　カフェに来るのは反則かなって思ったんだけど、お手紙とあと、喉にいいってお茶が入ってるんで受け取ってください……！」

「あ……あ、ありがと、う」

勢いに釣られて彼女と握手すると、がっしりと握られる。

なんだ……全部俺の勘違いか。

「や、やだー、もうもう大野くんほんとうにありがとう！　夢が叶った！　じゃあ私帰りますね！

凪原さん、またお芝居観に行きます〜！」

スキップ状態で彼女は嵐のように去っていく。

いったいいまのはなんだったんだ。

隣で、ひつじが苦笑いしている。

「なぎちゃん、モテモテだなあ」

「は……俺はおまえが告白されてると思ったんだぞ」

「え、そうなの？」

店を背に、ひつじが軽く上体を折り曲げて俺に顔を寄せてくる。

爽やかなコロンが香ってきて、胸がごとりと揺れる。焦げ茶の髪が頬を掠めてくすぐったい。

間近で、ダークブラウンの瞳が輝いている。

……ちゃんとした男だ。

ひつじも、男なんだ。

あと数年すれば成人する、男なんだ。

「もしかして、あの子が俺に告ってると思って、嫉妬……してくれた？」

「してない！」

途端に恥ずかしくなってひつじの頭をゴツンと小突いた。一瞬でも動揺したのがバカみたいだ。

でも、一度意識してしまうとひつじが一人の男として胸の真ん中に居座ってしまう。

俺は嫉妬したのか？　ひつじが誰かに奪われそうになって、ほんとうに焦ったのか？　なんで？　どうして？

ひつじは男で俺も男で、ひつじは子どもで俺はだいぶ大人で。

ぐるぐる考え続けているとうわーっと叫びたくなってくる。

『――じゃ、ひつじくんは？』

いまや呪文のようになってしまった陽斗の言葉がまたも脳裏によみがえる。

ああ、ああ、うるさいな！

俺だって困惑してるんだよ！

……ひつじがこんなに成長するなんて、誰が言ったんだよ……。

困るだろ。

もう……どうしろっていうんだよ……。

俺をこれ以上かき乱すなよ……。

そして、ひつじと俺のはじまり

その後の数年はなかなか地獄だった。

文化祭や体育祭に呼ばれて行くと、ひつじは決まって女子にキャーキャー言われて囲まれ、俺は図らずもぐぐぐと奥歯を噛み締めその光景を見守るしかなかった。

その感情に名前をつけるのが怖くて、あえて目を逸らした。

あれだ。巣立っていく息子に寂しさを覚えている父親のようなもんだ。そうだそうだきっとそうだ。

晴れやかに高校を卒業し、無事に第一志望の国立大学に合格したひつじのキャンパスライフは伸びやかにスタートした。男子大学生ともなればコンパにサークル活動と行動範囲がぐっと広がるだろうと思っていたのだが、相変わらずひつじは図書館に通ったりカフェを手伝ったりする合間にちょこちょこと俺の部屋に遊びに来ていた。そして、次々に書き上げる脚本を「見て見て」と迫ってくる。

あーあ……いつまでこの生煮えのような状況が続くんだか。

その頃の俺も新たな局面を迎えていた。テレビと舞台の二足のわらじを履《は》いていたのだが、どうしても舞台のほうが魅力的に映った。自分のやりたい表現は板の上にある。そして、最近では声の質も本格的に認められ、ナレーションを任されることも増えてきた。

この先年を重ねていくことを考えたら、潔くテレビからは身を退いて、舞台とナレーションで生きていくのがいい気がする。

「俺もそう思う。なぎちゃんがいない舞台なんて考えられないもん。テレビに出て全国的人気になるのも嬉しいけどさ、やっぱりなぎちゃんは板の中央でピンスポを浴びて輝くひとなんだと思う。と言ってもテレビの仕事を完全に切るのももったいないから、七割舞台、残り三割テレビとかにしたらどう？」

「……だな」

ある日のひつじカフェでひつじとそんなことを話し合った。

大学生のひつじとはほとんどなんでも話すようになっていた。頭の回転もいいし、聞き上手で、相づちがうまい。俺の昔からの状況もよくわかっているので、なんだかんだ言いつつ陽斗よりも賢一郎さんよりも、ひつじと話していることが多いかもしれない。

それでも、胸にはわだかまりがずっとあった。

——俺は、ひつじのなんなんだ？　ひつじは俺にとってどんな存在なんだ？

自分に問いかけても答えが出ないし、ひつじに訊くわけにもいかなくて、この悩みは日々次第に熱い塊となって胸の底にずしんと沈んでいた。いつか、この答えを出さなければいけない。でもそれがいつかわからないし、俺の独りよがりで決めていいわけでもない気がした。

……いや、俺の独《ひと》り相撲《ずもう》の可能性が大なんだから、ひつじはひつじ、俺は俺、ときっぱり線引きしてしまえばいいのに。

いままでは誰に対してもそうだった。たとえ相手が熱心なファンであったとしても、お世話になっている方だったとしても、一緒に板に乗る役者仲間だったとしても、あくまでも俺は俺のテリトリーを守ってきた、つもりだ。

だが、ひつじは最初からそれを無視して突っ込んできた。銭湯「梅の湯」で俺の足にしがみついてきたときから、ひつじにルールは通用しない。

奔放に振る舞い、俺を引っ張り回す。そのことに腹を立てて何度も怒ったが、ひつじはけろっとしていててんでこたえない。そのぶん、たまにしょうもないことでへこんでいるところを見かけると、言いすぎたかなとこっちが反省する始末だ。

手に負えない……。

もちもちのぬいぐるみがなんでこうまででっかくなるんだろう。

戸惑い、悩み、月日は過ぎて——とうとうひつじが二十歳になる日を迎えた。

その日は七月最初の土曜日。

朝から綺麗な夏空が広がり、空気もからりとしていて気持ちいい。以前から賢一郎さんたちと盛大に祝ってやろうと計画していたので、俺は土日、ついでに月曜日もオフとし、朝も早くから風呂に入って身綺麗にし、昼前にはひつじカフェに向かった。

カフェも今日と明日は臨時休業だ。せっかくひつじが大人になるんだから、この週末は特別だ。

なのに。

「た、大変です凪原さん！　ひつじくんが！」

「ひつじが……」

カフェで待ち構えていたのは、慌てた顔の陽斗と賢一郎さんだ。

「どうしたんですか二人して」

「これ、見てくれ」

賢一郎さんが一枚のメモ用紙を手渡してくれた。

そこに書かれていたのは。

『探さないでください。ちゃんと連絡します——羊介』

「……は？」

ひつじの筆跡だということはわかるが、そこに書かれている言葉の意味がまるっきり頭に染み込まない。なに言ってんだこいつ。

「冗談ですよね」

冷静な顔を崩さずに言うと、賢一郎さんと陽斗はますます慌てふためく。

「冗談じゃない、みたいなんだ。明け方家を出ていったみたいで……」

「荷物はそのままなんだけど、いつもひつじくんが使っているボストンバッグだけがなくて」

「……家出、ですか？」

怪訝《けげん》な顔になってしまう。二十歳になった日に家出？　理由は？

それでもまだ事の次第が呑み込めなくて、「行き先とか、こころあたりありますか」と訊いてみた。すると賢一郎さんが感心したように息を吐く。

「こころあたりは……ないけど……凪原くんはさすが冷静だな。俺たちはもう朝から頭に血が上ってしまって」

「こっちから凪原さんちに行くつもりだったんですよ。ひつじくん、凪原さんところには来てないですか？」

「ない。来てたら一緒にここにいるだろ……」

なんだか声がどんどん平板になっていく。

じわじわと足下が沼にはまり込んでいく。

けっして抜け出せない奥底まで。

ひつじが、家出？　なんでだ？　なんでいまになって？　俺たちに黙ってどこに行ったんだ？

「ひつじくん……どうして」

「……どこに行ったんだ」

難しい顔をしている二人がそろって「とにかく店内に入ろう」と言うので、ふらふらとあとをついていく。

一歩一歩踏み出すものの、底なしの流砂に足を取られてしまったみたいにおぼつかない。

……なんでだひつじ。なんでいきなり家出なんだよ。

どうして俺にひと言も言わないんだ。

なにか不満があったのか？　悩みがあったのか？

最後に会ったのは——そうだ、一昨日だ。いつものように学校帰りにうちに寄り、とうに渡していた合い鍵を使って部屋に上がっていたひつじは部屋の掃除と洗濯をし、俺を笑顔で出迎え、冷や麦を作ってくれた。

『賢ちゃんとはるちゃんに天ぷら揚げてもらっちゃったよ』

美味しいんだよね、そうだな、と一緒に笑い合ったあのとき、もう家出を決めていたのか？

どうして俺になんにも言わないんだよ。

……なんで。

店の中に入ったら、奥のソファにへたり込んでしまった。ひつじのバースデーパーティのために飾り付けた店内がやけにむなしい。

七夕《たなばた》飾りもあって賑やかなのに、店の中は沈黙が支配している。

ひつじは、七月七日生まれだ。

一年に一度だけ会える織り姫と彦星の話を幼い頃から何度もせがまれ、話してやった。たまには芝居付きで。ロマンティックな日に生まれたくせに、大人になったら脱走かよ。

脱力のあとには怒りがむかむかとこみ上げてくる。

ここまで育ててくれた賢一郎さんと陽斗に礼の一つもなく失踪か。いい度胸じゃないか。近所の綺麗なお兄さんの俺だってさすがに腹が立つぞ。

「さっきの……さっきのメモ、もう一度見せてください」

「あ、ああ、うん」

はい、と賢一郎さんから渡されたメモに目をとおす。ボールペンで書かれたきちんとした文字を何度も何度も読み直すものの、『探さないでください。ちゃんと連絡します――羊介』以外は書かれていない。ぺらりとした紙切れの裏を見てもなにもない。暗号かよと疑ったが、この短い書き置きにそんな凝った仕掛けもない。

「……ッなんなんだよ！」

ダンッと拳をテーブルにぶつけると、そばにいた賢一郎さんたちがびくんと肩を跳ねさせる。

「なにがあったか知らねえけど勝手に家を出る奴があるか！　せっかく……せっかく二十歳の誕生日なのに」

「……まあ、あいつももう大人だしさ。落ち着こうか。ちゃんと連絡します、ってあるから、きっとそのうち電話がかかってくるよ」

「うん……これが遅めの反抗期なのかも」

賢一郎さんと陽斗が言い合い、ぎこちなくなった空気を和らげるために美味しいアイスティを淹れてくれる。それを一気に飲み干しながらも、俺はまだ腹を立てていた。

気にくわない。

ひと言も相談しなかったのが気に入らない。

そんなに信用なかったのかよ俺は。

水くさいをとおり越して頭がぐらぐら煮え立ちそうだ。

怖々とお代わりを入れてくれた賢一郎さんにぼそっと礼を告げ、アイスティを今度はしみじみと飲む。氷もガリボリと嚙み砕いて、頭がきぃんとなったところでやっと息を吐いた。

「どういうことなんですかね……なんかこうなるきっかけとかありました？」

「いや……ないんだよな、それが」

「昨日の夜も普通にみんなでごはんを食べて寝たし……なにかに腹を立てていたような気配もなかったし」

賢一郎さんと陽斗は目を合わせるが、恥じ入るように、「俺たちが気づかなかっただけなのかも」と言うので、また唸りそうだ。

「賢一郎さんたちは悪くない。ひつじはもう大人なんだ。家を出たいなら出たいでちゃんと説明していくのが筋でしょう。こんな恩知らずなことやる奴だとは思わなかった」

「ま、まあ、落ち着いて凪原くん。連絡がきっとあるよ。俺たちのひつじだし」

「そうそう、とりあえず今日一日待ってみませんか」

「……警察に届けなくていいんですか」

「うーん……悩ましいところだけど、今日待ってみてなんの連絡もなかったら、明日また集まって策を講じよう。とりあえず、なんか食べようか。腹が減ってるとカリカリするだけだし」

気を取り直すように賢一郎さんがテーブルに出していた陽斗力作のバースデーケーキを冷蔵庫にしまい、代わりに俺たちにオムライスを作ってくれる。

オムライス……ひつじの好物だよな。

熱々でチーズがかかっていて、中にはグリーンピースやにんじん、鶏肉が入っていて……ひつじ、グリーンピースが苦手だからよく俺に取り分けて「たべて」ってお願いしてきたっけ。

もそもそと砂を嚙むようにオムライスを口に運び、ずっと握っていたスマホに視線を落とす。

念のため、ひつじに電話をかけてみた。

出ない。留守番電話に切り替わってしまう。

じゃあ、メールだ。

『いまどこにいるんだ？』

送信してもなんの返答もない。

ひつじはいまどきの若者ながらＳＮＳのたぐいをまったくやっていないので、ネットで探そうにも痕跡が見当たらない。

八方ふさがりだ……。

ただの思いつきの家出で、夜になったら反省して戻ってくるとかならいいけど。

どんよりしながら三人で黙ってオムライスを食べ、俺はしつこく電話とメールを繰り返す。そのうちやけくそになってきて、「いったん家に帰ります」と立ち上がった。

「もしなんか連絡があったらすぐ電話ください。駆けつけますから」

「わかった。でも、ホント心配しなくても大丈夫だと思うよ。あいつらしい思いつきなのかも」

「うん、俺たちのひつじくんを信じましょう」

声をそろえる二人を懐疑的な目で見てしまうが、親である彼らがこう言うなら俺が余計な口出しをするわけにはいかない。

いったんアパートに戻り、力なくテレビの前に腰を下ろす。

スマホを見たが、ひつじからはなんの連絡もなかった。腹は満たされているし、掃除や洗濯も済んでいるからやることがない。いつもだったら仕事用に動画や映画、小説に目をとおすところだが、今日はそういう気分じゃない。

ひつじがいない。

胸にぽっかりと穴が空いた気分で俺は床に手をつき、天井をぼうっと見上げていた。

そのうち、疲労感と眠気が訪れて自然と瞼を閉じる。

なんなんだよひつじ……俺に言えないことがあったのかよ。

裏切られたこのやるせなさ。俺になにができるんだ。

翻弄されきって疲れ、少しの間、眠ってしまっていた。

ふと目が覚めたが、顔の横に置いていたスマホは静かなまま。メールの送信履歴を見るとひつじ宛てがずらりと並んでいる。

なに必死になっているんだ俺は。相手は近所の子どもだろう。もう成人したんだし、手を離れたと喜んで他人同然の関係に戻ればいいじゃないか。

そうだ。どうせいつかはこういうふうにひつじは勝手に離れていくんだ。

俺がどうあがこうともがこうと、ひつじにはひつじの道がある。そのことを今回、思い知らされただけだ。

「バッカじゃねえの……」

ごろりと床に転がり、俺は熱くなるまなじりを手の甲で擦る。

気づかなかったけど――気づきたくなかったけど。

俺、あいつのことを特別に想っていたんだ。

置いていかれて初めて知った自分の想いに泣きたくなる。情けなくて、悔しくて。不甲斐なくて。

ひつじにはひつじの自由がある。それを行使しただけだというのに、俺は途方に暮れ、身動きも取れない。

このままひつじが戻ってこなかったらどうするつもりなんだ。夜になっても明日になっても連絡が来なかったら？　もう遠くに行ってしまっていたら？　たとえば日本を離れてしまっていたら？

友だちのゆうくんの電話番号を訊いときゃよかった。さすがにそこまでは把握していなかったんだ。

「なーんも知らなかったんだな俺……」

独り言が掠れて消えていく。なんとも言えない虚脱感に襲われ、起き上がる力が出てこない。

それでものろのろと操り人形のように起き上がって風呂に入り、布団を敷き、茫然としたまま横になった。

窓の外は晴れた夕暮れ。これなら彦星と織り姫も出会えるだろう。都会で天の川を見ることはできないけれど、ひつじがこの空の続くどこかで同じことを思っているんだったら、……おまえ、元気でいろよ。

ちゃんと寝て、ちゃんと食べろ。元気ならそれだけでいい。

一つ息を吐いて、本格的に寝ようとしたときだった。

スマホが鳴り出し、びくっと跳ね起きた。

賢一郎さんか陽斗か。

引っ掴んだスマホの液晶画面には「ひつじ」と出ている。

「——ひつじ！　なにしてんだ！　どこにいるんだ！」

電話に出るなりカッと怒りがよみがえってきて怒鳴りつけてしまった。

『うわぁ……ご、ごめん、なぎちゃん、連絡するって書いたよね』

二日ぶりに聞いたひつじの声は意外にも元気でさらに怒ってしまう。おまえ、こんだけひとを焦らせておいてただで済むと思うなよ。

「書いてあったけど！　なにも誕生日に不穏なことしなくてもいいだろ。いまどこにいるんだよ！」

『えっとね、出雲空港《いずもくうこう》』

「い、いずも……？　は？」

頭の中が空回りしてなにを言われているか全然わからない。

『島根《しまね》の出雲空港にいるんだ。で、いまからＪＡＬでそっちに帰るところ。七時ぐらいには着く……』

「わかった。迎えに行くから待ってろ」

『え、俺のほうから行くよ、大丈夫だよ』

「いいから一発殴らせろ」

ブツッと電話を切ってバタバタと身支度を調える。その間にもスマホでＪＡＬの出雲‐羽田便を調べ、到着時刻をチェックした。七時過ぎには羽田に着くらしい。

頭が沸騰したままサングラスとキャップを身に着けて家を飛び出し、一路羽田空港へと向かう。電車の中でもモノレールの中でもひつじの名前を呪うように念じていたせいか、隣り合った客が気味悪そうな顔をしていた。

息せき切って空港に着いたのは六時半。到着ゲートの横にあるベンチでコーラでも飲もうかと思ったがそれどころじゃない。苛々とスマホを見つめ、いまかいまかと待ち構えた。

ひつじに会ったら、なにを言おう。

心配かけてんじゃねえよ。

黙っていくなよ。

黙って俺を置いていくなよ。

……考えれば考えるほどめめしくて涙が出そうだ。くそ、なんで俺がこんなに格好悪い役回りなんだ。

歯噛みしているうちに新しい便が着いたようだ。ゲートから乗客がぞろぞろと出てくる中、俺はスマホに目を落とす。

七時過ぎ。

「なーぎちゃん」

慣れ親しんだ声を聞いた途端ハッと顔を上げ、その顔を見るなりぎりっとくちびるを噛んで拳を固め、目の前の長身の男の腹に一発叩き込んでいた。

「……ッぐ、ごほっ、げほっ、ちょ、降参降参、暴力反対」

「なにしてんだよおまえは！　散々心配かけやがって！」

「ごめん、心配した？　……泣くほど心配してくれたの、なぎちゃん」

一昨日ぶりのひつじは白のTシャツにジーンズ、デイパックを背負っていて慕わしげな笑みを浮かべ、俺の目尻に指をすべらせてくる。それからなにも言わずに、俺を抱き締めてきた。

強く強く。

圧倒的な温もりに、じわりと涙が自然に浮かんできてしまって腹立たしいことこのうえない。

俺がなんで泣く必要があるんだ。ひつじのために泣くことなんかないのに。こんな勝手な奴なんか知るか。

「迎えに来たよ、なぎちゃん」

「な、な……」

「誰よりも大好き。好きなんだよ、なぎちゃんのことが。俺だけの大事なひとにしたくて、縁結びの神様にちゃんと報告してきた」

「は？　……はぁ？　お、お、まえ」

なにを言っているんだ、おまえは日本語を喋っているのか？

……俺が好き？　大事なひと……？　……は？

男二人で抱き締め合って周囲の注目を浴びていることに遅まきながら気づき、カッと顔を赤らめてひつじを突き飛ばそうとすると、すぐにぎゅっと手を摑まれた。

「逃げないで。ちゃんと話しするから、静かな場所に行こう」

「ど、どこ」

「ううん、いま家に帰ると誕生日パーティになるから……あ、浜松町《はままつちょう》にシティホテルがある。そこ行こ」

スマホであれこれ調べていたひつじがさっさと電話をかけ、ホテルの部屋を押さえる。俺はもうさっきから嵐に巻き込まれたみたいでろくに口が利けない。

どういう展開なのか誰か教えてくれ。

手を繋いだまま空港内を早足で歩き、モノレールへと乗る。窓の外には温かな灯りの点いたマンションが建ち並んでいて、やがて真っ赤な東京タワーも見えてきた。

浜松町でどっと吐き出されるひとに交じり、俺たちも降りる。そこから先はひつじに引っ張られるがままだ。東京タワー方面に向かって歩き、増上寺《ぞうじょうじ》近くで右手に折れると綺麗なシティホテルがあった。

チェックインを済ませたひつじがカードキーを手にし、ロビーの隅でおろおろしている俺に近づいてくる。

「七階の部屋だって。行こ、なぎちゃん」

「お、おい」

ホテルなんかでなにを話すんだよ。

言いたいことは山のようにあるが、口が動かない。

エレベーターの中で慎重に隣のひつじを見上げると、彼も視線を落としていた。

そのことに、ひつじも緊張しているんだと伝わってくる。

握ったままの手から伝わる熱、力。

若いひつじの力。

最初からおまえは……ほんと勢いだけで動いているよなぁ……。

そう思ったらふっと身体から力が抜けていく。抗《あらが》いたい気持ちはまだまだあるが、話があるというならとりあえず聞いてやる。それが年長者の役目ってもんだ。

七階の一番奥に、その部屋はあった。

シンプルなツインルームに入り、ベッドの一つにデイパックを下ろすと、ひつじはもう一つのベッドに俺の手を引いて腰掛ける。

「心配かけてごめん、なぎちゃん。俺ね、ずっと――ずうっと昔から、なぎちゃんだけが大好きだったんだよ。大人になったら迎えに行こうって決めてた。それが今日なんだよ」

「……大好きって、なに。近所のお兄さんを好きになったって……」

「近所でも一番綺麗なお兄さんでしょなぎちゃんは。昔から俺にとってはなぎちゃんだけ。なぎちゃんが一番好きだった。そのこと、気づいてなかった？」

「好きって言ったってどうせ親愛の意味で」

「違う、ちゃんと恋してる」

赤面ものの告白に顔が上げられない。

――気づいてなかった、わけじゃない。

俺だって、焦れたり、嫉妬したり、地団駄を踏んだりしていた。

おまえが年々大きくなるにつれて女性が群がり、その都度ジェラシーに気が狂いそうだった。

だからって、俺はおまえが好きなんだよと打ち明けるほど脳天気じゃない。

「……何歳離れてると思ってんだよ」

「なぎちゃんは一生綺麗な魔法使いでしょう？　そんなのなんの障壁にもならない。大事なのは好きって気持ちだけ。幼い頃から俺のそばでキラキラしていたなぎちゃんが大好きだった。ひと筋だったんだよ。この気持ち……言いたくて言いたくてしょうがなかったけど、自分で責任を取れる年齢になるまでって我慢してたから、今日になった。出雲はね、前から行ってみたかったんだ。縁結びの神様で有名だし、なぎちゃんを俺だけのひととして愛していきますって報告したくて。ほら、見て見て」

ひつじがスマホを取り出し、アルバムをスクロールしてくれる。今朝の早い便でひつじは島根へと向かい、出雲大社にお詣りをしたらしく、「おそば美味しかった。今度一緒に行こうね」と笑い、ついでにお土産も見せてくれる。

「じゃーん。夫婦箸《めおとばし》〜。青がなぎちゃんで赤が俺。どう？　参道で売ってたから記念に買ってきた。賢ちゃんたちにも買ってきたよ」

「……っそうだ、賢一郎さんに電話しないと」

焦って腰を浮かした俺の手を掴み、「大丈夫」とひつじが笑う。

「賢ちゃんたちは了承済みだから」

「え？」

「俺の家出……知っててひと芝居打ってもらったから」

「は？」

なに？　なんだと？　あれ全部が芝居だったのか？　今日のなにもかもが俺を騙《だま》す策だったのか？

はめられたとわかったら殺意がぐぐっと湧《わ》いてきて目尻が吊り上がってしまう。殺気が伝わったんだろう。ひつじが両手をホールドアップし、「待って待って待って」と焦った顔をする。

そしてその両手で俺を再び強く抱き締め、やけに真面目な顔をしたかと思ったら、おそるおそる頬を擦り寄せてきた。

「結婚してください、凪原俊介さん」

「……ひつじ」

「昔、言ったことがあったよね。なぎちゃんは、『綺麗なのはいま一瞬だけだ』って。そんなことない。俺はなぎちゃんの魔法に一生かかる自信あるよ。それから、なぎちゃんがどんなにしわくちゃのおじいちゃんになっても、俺だってそうなるから大丈夫。なぎちゃんを俺だけに愛させてください」

誠実な言葉は胸に火をともす。

頭を下げられて、つうっと熱い滴《しずく》が頬をすべり落ちていく。

……こんな顔だけの男を好きになるなんてアホだなおまえは。俺の性格が悪いってわかってるくせに、どういうおひとよしなんだ。

バカじゃねえの。

そう言おうと思ったけれど、無意識に俺もひつじを抱き締め返していた。

「……俺も……おまえが好きだ」

「なぎちゃん……」

「こう見えても結構嫉妬したし、どうせ年が離れてんだし、いろいろ理由をつけて諦めようとしてたんだよ。おまえの邪魔をしたくなかった。……なのにおまえも大概いい性格してるよな。俺を手に入れたら一生こき使われると思え」

「うん、わかってる。俺、それが生きがいだから。俺を……なぎちゃんだけの男にしてくれる？」

「ひつじ……」

「ひつじくんがいないとなぎちゃんもダメでしょ」

懐かしい呼称に苦笑いしてしまう。

わかっていた。ずっと抑えていたこの気持ち。いけないと思っていたから黙っていたけれど、俺だっておまえのことが好きだった。

「でも、お買い得じゃないぞ、俺は面倒だし、美人すぎるし、けっして安売りしないぞ」

「わかってる。そんななぎちゃんが大好きなんだ。ずっとずっと大好きで、やっと迎えに来られたんだよ」

「……待たせすぎだ」

犬みたいに鼻先を擦り付けてくるひつじがふふっと笑う。それから、ためらうように何度か瞬きし、「……いい？」と訊ねてきた。

なんのことだかわからなかったが、頷く。ひつじ相手だったら、全部委ねたい。

ちゅ、と甘くくちびるが重なった。

互いに目を合わせ、ぱあっと顔を赤くする。

「……お、俺のファーストキスはなぎちゃんへ」

「そ、そうかよ」

一度だけのキスの甘さが身体にじいんと染み渡るものの、すぐに物足りなくなってしまう。タチの悪いチョコレートみたいだ。

芝居に打ち込むだけの人生だったから、こういう触れ合いとは長いこと無縁だった。

「どう、……すればいい？」

のぼせた意識でちらりと見上げると、ぐ、と息を詰まらせたひつじが勢いをつけて覆い被さってくる。それから顔中にキスの雨を降らせ、両手で髪をくしゃくしゃにしてくる。

「なぎちゃん、……なぎちゃん」

「ま、待った、待て待て、ちょっと待て、なんかこう、もうちょっとなんかあるだろ、シャワー浴びるとか、風呂入るとか」

「ダメ。いますぐなぎちゃんが欲しい。離したら逃げそうだから」

真実を突かれて言葉に詰まる。

確かにそうだった。

この一瞬の激情に恐れをなして、シャワーを浴びていたら我に返りそうだ。

でも、それはいまの俺が望んでいることじゃない。

ひつじは俺をずっと求めてきてくれたのだし、俺だって同じだ。

くたんと力を抜いてベッドに寝そべり、俺はのしかかるひつじの髪をやさしくまさぐる。

「……乱暴にするなよ。やさしくしてくれ。あと……痛かったらすぐにやめろ」

「わかった。絶対約束する。……なぎちゃんの全部、俺にちょうだい」

もう一度ひつじがゆっくりとくちづけてきて、確かめるように何度も角度を変える。ちゅ、ちゅっ、と食《は》まれる音が恥ずかしくてたまらない。身をよじって抵抗すると、それを封じるように舌がつんとくちびるをつついてきて、ぬるりともぐり込んできた。

「っ、ん……」

ちゅるりと舌を搦《から》め捕《と》ってくるひつじは俺の喉奥から漏れ出た声に勇気が出たようで、くちゅくちゅと吸い上げてくる。口蓋《こうがい》を丁寧に舐《な》め取られ、歯列を舌先でなぞられるとくすぐったさに笑いがこみ上げてくる。

「……昔、おまえのここの歯、ぽろっと抜けたよな」

いまではすっかり大人の歯になった前歯を指でつつくと、ひつじは照れ笑いして、「いま意地悪言わないでよ」と言う。

「つたないだろうけど、俺のキスに集中してなぎちゃん」

「……わかった」

いちいち確かめることでもないだろうけど、目を閉じて、熱いくちびるの弾力を楽しむ。互いのそこがじわじわと熱を孕《はら》んで、ぶつけるたびに気持ちいい。

「……ひ、つじ……」

ひつじのくちびるが首筋を這い、鎖骨《さこつ》へと落ちていく。冷房が効いているとはいえついさっきまで大慌てで移動していたからうっすらと汗をかいていて、肌を舐められるのが恥ずかしい。

「ぁ……っ」

Tシャツの裾から手がもぐり込んできて、胸をかりかりと引っかかれる。

「う……ん……っそこ、バカ……いじんなくても……」

「え？　ダメ？　なぎちゃんのここ、ちいさくて可愛いよ」

生意気な。やられっぱなしなのは性に合わないから俺も膝頭を立ててひつじのそこにぐりぐり押し当ててみる。

うわ、硬い……無駄にデカい。

「おまえ……図体だけでかくなって」

「へへ、賢ちゃん譲りだよね」

ほんとうにな。

二人で服を脱がし合い、切羽詰まったようにキスを繰り返していく中で熱く湿る肌を探っていく。剝き出しの性器に触られると一気にヒートアップしてしまい、言葉がろくに出ない。

「は、――……っあ、あ、……ひつじ……」

「ん、なぎちゃん……硬くなってる」

握られたそこを根元から扱かれて息が切れる。自分でもろくにしないことだから、余計にひつじの愛撫《あいぶ》を新鮮に感じる。

前を丁寧に弄りながら、ひつじは後ろへも指をすべらせてきた。

「一応、コンビニでスキンとローションのパウチ買ってきた」

「ふ、ふうん」

用意いいじゃん。俺が了承するとわかっていての行動かと思うと面白くないが、身体が熱く疼く。たっぷりとした唾液とローション、そして指で愛撫したそこに、スキンを着けたひつじがゆっくり、ゆっくりと挿《はい》ってくる。ごりごりっとした感触に意識が飛びそうだ。

痛いというより、怖いほどに疼いていて、息が途切れる。俺も思わずひつじの逞しい腰に両脚を絡みつけ、腿《もも》の内側で淫らに撫で上げていた。

セックスが初めてのひつじはぎこちないけれど、そのぶん情熱でカバーしてくる。熱っぽいキスにやさしい指先での愛撫が心地好くて、陶然《とうぜん》となってしまう。この俺をここまで振り回すなんて、おまえもやるな。

「あ、っ、バカ、んん、そこ、――そんな、したらっ」

「痛い……?」

「……ったく、ない、……あっ、あぁ、やだ、硬い……っ」

コントロールできるはずの快感がひつじに委ねられてしまうことで、どこか不安で、自分の思うとおりにはならなくて、勝手に涙が出てきた。次第に強く突き上げられて、涙がぼろぼろこぼれる。こんな快感、知らない。ひつじにしか教えない。

よくて、すごくよくて、ひつじが突いてくるたびいやらしい声が上がってしまう。商売ものの喉にこんな声を出させるなんて一生の不覚だ。覚えてろよ。

「なぎちゃん……っ」

ひつじがたまらないように激しく打ち付け、前を扱き上げてくることに耐えきれず、俺はどくんと身体を波立たせた。神経をびりびりとざわつかせるような強い射精感に気が遠くなりそうだ。

「なぎちゃん……大好きだよ。……ねえ、もう一回、いい？」

にこりと笑うひつじの声も掠れていた。一度ぐらいじゃ済みそうにないってことは、身体の内側でわかっている。

でも、俺も。

俺もそんな気分だ。

やっと重なった気持ちと身体をどこまでも溶かし合いたい。

「……ん」

息を切らして、絶え間なくくちづけ合って。

好き、大好き、大好きだよなぎちゃん、とひつじが囁く。

このぎこちなさが、俺たちらしい恋の始まりなんだな、ひつじ。

「……ん」

ふとした気配に目が覚めた。まだ腰が重だるくてじわんと熱を孕んでいる。カーテンが閉まったままの部屋だからいま何時かわからないが、腹の減り具合からして夜中だろう。

視線を感じて隣を見ると、ひつじが微笑んでいた。

「……起きてたのか」

「ん、さっき。なぎちゃん、寝顔も綺麗だよ」

臆面《おくめん》もなく褒められて気恥ずかしいことこのうえない。髪をさらさらと撫でられて気持ちいい。

「賢ちゃんたちにはメール入れておいた。明日帰るからって大丈夫って」

「……そうか」

「パーティは帰ったらやるって。はるちゃんの一世一代のケーキを冷やしてあるから早く帰ってこいって言われた」

「だろうな」

「でも俺はまだなぎちゃんといたい」

ギュッと抱き締められて、髪に、頬にキスを繰り返される。まるで俺のほうがぬいぐるみになった気分だ。

痛いほどの視線を受けてもじもじしてしまう。

「……なに見てんだよ」

「俺の好きなひとの顔、ずっと見てた。こんなに綺麗なひとだったんだって、あらためて感動してた」

「おまえ、俺にベタ惚れすぎ」

一緒になってふふっと笑い合い、布団の中で足の爪先を絡め合う。

この夜空の上、遙《はる》か彼方で、織り姫と彦星も会えただろうか。

一年に一度の逢瀬《おうせ》も麗しいけれど、十年以上の時間をかけて育んだ愛情を俺はこれからゆっくりと時間をかけて噛み締めていきたい。

ひつじとともに、味わいたい。この甘くてせつない感情のひとつひとつを味わいたい。

「大好きだよ、なぎちゃん。ずっとずっと一緒にいよう」

薄暗がりの中、ひつじがふわんと俺を抱き締めてくるので、俺も頭を擦り付けた。

ひとつだけ確かなことがある。

朝が来ても、この魔法は解けない。

永遠に。

「……っあ、あ、ひつじ……バカ、はげし……っ」

「なぎちゃん、ダメ、逃げないで」

四つん這いになったなぎちゃんの腰をしっかりと摑んで引き戻し、背後からきつく貫く。どこまでも甘やかに伸びていく声が俺をバカにさせてしまうみたいで、どんなに射精しても満足できない。後ろから手を伸ばし、乳首をくりくりと揉み込むとぶるりと身体を震わせたなぎちゃんはたまらないようにびくびくっと吐精する。

「あ、っ、は、っ、あ、ぁ――あ……っ」

「……なぎちゃん、またイっちゃった？　だいぶ感じやすくなったよね。俺嬉しい」

最近のなぎちゃんは乳首が弱いみたいで、そこを噛んだり舐《ねぶ》ったりするだけですぐに硬くしてしまう。後ろを使ったセックスにもお互いにだいぶ馴染んできて、抱き合うたび、しっとりと肌が汗ばむほどだ。

「ひつじ、……っ、顔、見たい……」

普段は冷ややかな顔をしているなぎちゃんだけど、俺の腕の中にいるときだけは甘えてくれるようになった。だから俺も胸を弾ませながら身体の位置を変え、なぎちゃんを正面から抱え直す。そうして深く挿入し、ずくずくと揺さぶる。

「い、っや、やだ、いいっ、ん、ん、んぅ」

陶酔しきった声が俺を振り回す。限界が近い。彼のくちびるを強くふさいで吐息を呑み込み、なぎちゃんが今度は後ろだけで達するのと同時に、俺もどくんと撃ち込んだ。長く、たっぷりと、愛情のすべてを。

ぴんと張り詰めたなめらかな肌のすべてに歯を立ててしまいたい。なぎちゃんはどこもかしこも綺麗で、とりわけ念入りな手入れを欠かさない肌にはほくろもシミも一つもない。その首筋を噛んで、俺だけの痕《あと》を残してしまいたくて、いつも射精する間はずっと肌を食んでしまう。とくに、うなじを。正常位も大好きだけど、後背位はなぎちゃんのうなじを思いきり噛み締められるから特別だ。

「っは……ぁ……あ……ひつじ、しつこすぎ……腰、痺れてる……」

息を切らしたなぎちゃんがぷはっと息を吐いて、俺の背中に手を回して撫でてくる。そのやさしい手つき、昔と変わらない。

なぎちゃんは誰よりも綺麗で、ガラスみたいに硬くて、容易にひとを近づけさせないけれど、いったん内側に入れてくれるとほんとうに大事にしてくれる。

俺、三歳の頃からずっとずっとこのひとだけを好きだったんだなぁ……。そう思うとじんわり胸が熱くなって、ひどく愛おしい。

「大好きだよ、なぎちゃん」

「ふは、おまえ毎回言ってんなそれ」

「言わないと落ち着かないんだもん。なぎちゃんはもう聞き飽きた？」

「……べつに。まあ聞いてやってもいいかなって思ってる」

まだ身体を重ねたままだから、なぎちゃんはうっすらと耳を赤くしながら答える。そのことに気をよくしてじりっと腰を揺らすと、「……またか？」となぎちゃんが睨んできた。

「おまえの若さに延々付き合ってたらやり殺される」

「そんなあ、俺こそ永遠の魔法使いに搾り尽くされそうだよ」

くすくす笑って、俺はむくりと首をもたげた自身のそれでなぎちゃんの熱く潤った中をやさしく撫で回す。

だんだんとリズムをつけて突いて、突いて、突きまくる頃にはまた新しい熱に溺れているんだ。

「……あー、腰がだるい。何度やれば気が済むんだおまえは」

翌朝、なぎちゃんはぶうぶう言いながらシャワーを浴びに行き、俺はその間シーツやらなんやらを取り替え、布団を清潔にした後、なぎちゃんちのキッチンを借りて簡単な朝食を作ることにした。

なぎちゃんと付き合うようになって一年目。大学三年となった俺はもうそろそろ就活に放り込まれる時期だ。

でも今日はせっかくのなぎちゃんのオフだし、週末。四月の晴れた陽射しは部屋中を満たし、キラキラ輝いている。今日は一緒に過ごそうと約束していたので、ひつじカフェから前もって持ってきた食材で軽めのパンケーキを焼き上げ、山盛りのサラダとコンソメスープも一緒に出した。甘いものを控えるなぎちゃんだけど、週末は特別。蜂蜜とバターを載せたパンケーキに、シャワーを浴び終えたなぎちゃんが鼻をひくひくさせながらバスルームから出てきた。そうして先にテーブルについていた俺の前に座る。

「美味しそうじゃん。最近焦げなくなったよな」

「もう、意地悪言わないでよ。ずいぶん練習したんだから」

「だってこの間まで炭みたいなモノ食わせられてたし」

くすりと笑って、なぎちゃんはまだ湿った髪にタオルをかけたまま、はむっとパンケーキにかぶりつく。

「ん、旨い」

「よかった。ね、今日はどうする？　どこか行く？　それともうちでのんびりする？」

「そうだなぁ……せっかくいい天気だし……ちょっと散歩して適当に帰ってきて家で映画でも観るか」

「いいね。散歩賛成。その前に洗濯物干してっちゃおっと」

「まめだなぁ、おまえは。いい旦那になるぞ」

「なぎちゃん専用のね」

甘い言葉になぎちゃんはうっすらと耳たぶを赤くする。こういうところが、らしいなと思ってしまう。俺はいくらでもなぎちゃんを好き好き大好きだと言うほうなんだけれど、彼のほうは板の上ならともかく、私生活では下手にベタベタしない。

むしろ、抱き合うのを許してくれるのがまだ夢みたいだ。

テーブル下でコツンと裸足の爪先をぶつけると、びくっと肩を跳ね上げたなぎちゃんが上目遣いに睨んでくる。

「まだしたりないって言ってもお断りだからな」

「言わないよー、いまはまだね。夜になったら違うかもだけど」

つんつんと爪先をぶつけて、くにゅ、と親指を絡めるようにすると、渋々となぎちゃんもすりっと親指を擦り付けてくる。些細な仕草なんだけれど、深い愛情が伝わってくるのがなにより嬉しい。

食べ終えた皿を手早く片付け、洗濯物を干す。春らしい温かな陽射しが空気中のなにもかもを輝かせていて、窓から見える建物や木々のアウトラインをふんわりと浮かび上がらせている。七月生まれの俺はやっぱり夏が大好きだけど、この毎日が鮮やかに移り変わる季節もいいなと思う。

——それに。

出かける支度を調えたなぎちゃんの後ろで、俺はモッズコートのポケットに入れたスマホに触れる。そこに隠した秘密を打ち明けるなら、眩しい陽の下がいい。

「公園、行くか」

「うん。その後はスーパーに寄って今夜の食材を買おう。なぎちゃん今晩なにが食べたい？」

「んー、なんだろ。カレーかな」

「了解。とびきり美味しいカレーを作るね」

俺となぎちゃんは辛口派で好みが合ってる。永遠の魔法使いであるなぎちゃんは美容とボディライン維持にひと一倍気遣っている。でも、たまにはガツンと食べたいらしく、そういうときはかならず、「カレー」と言う。だったらここで腕を振るわないと嘘だよな。

外に出て、跳ねるような足取りでなぎちゃんと歩く。なぎちゃんが苦笑しているのがわかるが、子どもの頃から歩くのが好きな俺はどうしたってステップが弾む。

「おまえ、就活は進んでるのか」

「まあまあかな」

「どういうところに勤めたいんだ」

住宅街から小学校のほうへと向かい、その近くにある公園へと立ち寄る。午前十一時前、公園は家族連れや子どもたちで賑わっている。

ぶらぶらと園内を歩き、自動販売機でアイスコーヒーを買って二人でベンチに腰掛けた。足下では真っ白なシロツメクサがふわふわと咲いている。それを斜めに見て、なぎちゃんがふっと笑った。

「あのシロツメクサの指輪、いまでもちゃんとお守りに入れて大事にしてあるぞ」

「ほんとうに？　近いうちにプラチナの指輪を贈るから待ってて」

「無理すんな。シルバーで十分だ」

他愛ないことを言いながらコーヒーを飲む。ずっとわくわくしていた俺は「ね、ね」と隣のなぎちゃんをのぞき込んだ。

「なぎちゃんは将来、俺にどうなってほしい？」

「は？」

「希望が聞きたいんだ。教えて」

「なんかこの不毛な会話、昔もやったぞ」

「長い付き合いだもんね。ねえねえ、なんかない？　俺にバリバリ稼いでほしいとか。もっと甘やかしてほしいとか」

「べつにねーわ。おまえがおまえらしくいられればそれでいい」

しれっとした顔で言うなぎちゃんに、ふふっと微笑んでしまう。

冷たそうな顔して言うことじゃないよね。なぎちゃん、ほんとうにやさしい。

「でははでは、ここで発表～！　じゃーん」

見て見て、と俺はポケットからスマホを取り出し、ブラウザを起ち上げる。そこには、とあるキー局のサイトが表示されている。

そのページの頭には、燦然《さんぜん》と輝くヘッダー。


『第十五回シナリオ大賞結果発表』


「なんだよ」

なぎちゃんは訝しそうな顔だ。それににんまりと笑い、俺は、「あのね」と耳元で囁いた。

「なぎちゃん、俺の脚本、ドラマ化されるよ」

「へーえ……え？　……ええ⁉」

本気でびっくりしたなぎちゃんなんてそうそう見られるもんじゃない。写真に撮っておきたいぐらい。

「半年前にこっそりキー局のシナリオ大賞に応募してたんだ。でね、一昨日結果が来たんだよ。

電話で教えてもらった。最優秀賞で、即ドラマ化だって」

なぎちゃんにも見てもらえるように画面をスクロールする。


『最優秀賞　大野羊介（東京都／21歳）』


「マジだ……」

「うん、マジで。でね、話はそこで終わらない。俺はもともとこの話はなぎちゃん主演で考えて書いていたから、ねじ込んだんだ。『凪原俊介さんを主演でお願いします。じゃなかったらお断りします』って」

「……は……」

おまえ、なに言ってんの。

茫然とした呟きにますます俺は笑ってしまう。想像以上の反応だったから。

「テレビなんてここ最近ずっと出てなかったのに……」

「なぎちゃんなら大丈夫だよ。永遠の美貌を持つミステリアスなキャラとしてひとびとを翻弄する魔性の男という設定のサスペンスを書いたから、どうかお願い。俺のドラマに出てください」

思いきり頭を下げた。

「ひつじ……」

「ね？」

両手を合わせて見上げると、なぎちゃんはまだ啞然《あぜん》としている。この展開についていけないみたいだ。だからもう一度しっかり言う。肩を摑んで、目と目を合わせて。

「凪原俊介さん、お願いします。僕の初脚本となるドラマに出演してください。正式なオファーはテレビ局から行くと思うけど……凪原さんはフリーアクターだから、僕からもこうしてお願いに上がった次第です。ご回答、お聞かせ願えますか？」

「……は、……ははっ」

気が抜けたようになぎちゃんが笑い出す。その顔がとても自然で、なんだかほんとうに愛おしかったから、俺も一緒になって声を上げて笑ってしまう。

「夢みたいな話なのに……おまえ、ほんとうに叶えちまうんだな。すごいよ」

「なぎちゃんを見て育ったからだよ。若い頃からずっと一線で『北極星』の主演を務めてきたなぎちゃんだからこそ、絶対に追いかけたかった。いまの俺はまだスタートラインに立ったばかりだけど、……ＯＫしてくれる？」

その整った表情を窺うと、するっと肩を引き寄せられて頰をくちびるが掠める。甘くて、どことなく素っ気なくて、一瞬で恋に落ちてしまうような魔法のキス。

愛しているなんて言葉じゃとても落ち着かない。

なぎちゃんには一生恋していたい。

風と煌めきが変わっていく四季折々、胸を鮮やかに揺らすときめきとせつなさが入り混じる、一生に一度の大切な恋。

それをなぎちゃんは俺に教えてくれたんだ。

「俺が務めなくて他の誰が務めるって言うんだ?」

そのやり取りは昔を彷彿とさせる。


『……嫌いだ』

『え』

『……の、反対』


あれはまだ俺が三つのときに交わした言葉。

いまも昔もなぎちゃんはちっとも変わらない。それどころか日ごとに鋭い輝きを増している。

孤独な夜空で誰よりも強く輝く北極星。みんなが道標とする憧れのひと。

「なぎちゃんならそう言ってくれると思った」

互いに笑い合い、頬を擦り寄せる。公衆の面前だから堂々としたハグやキスはどうにか我慢するものの、そっと手を握り締めて想いを分かち合った。

指先から、じんわりと温もりが伝わってくる。

ねえなぎちゃん、なにもかもがこれからなんだよ。これからが、始まりなんだよ。

大好きだよ、なぎちゃん。一生を賭けてあなたに恋していくよ。あなたが俺をここまで連れてきてくれたんだ。

こみ上げる感情のままに指をきゅっと絡めると、なぎちゃんは可笑しそうに微笑み、身体を傾げて腕を伸ばす。そうして一輪のシロツメクサを抜き取り、俺の左手の薬指にくるりと巻き付ける。

幸福、という花言葉の他に、私のものになって、という秘めた想いがこの白く丸い花には隠されている。

なぎちゃんは独特の艶のあるその声で言ってくれた。

「任せろ」

「……うん！」

シロツメクサは、幼いあの頃とまったく変わらないやさしさで俺の指を撫でていた。

確かな愛を培っていくための永遠の恋。

俺とだけの恋を咲かせて、なぎちゃん。

こんにちは、またははじめまして、秀香穂里《しゅうかおり》です。ひつじくんとなぎちゃんが帰ってきました！　読者様の温かいお声のおかげで今回、なんとスピンオフです。書いている間楽しくて毎日しあわせでした。一人称も久しぶりだし、十数年にわたる物語は初めての経験でしたが、なによりひつじくんとなぎちゃんが可愛くて可愛くて。挿絵は前作に続きｙｏｓｈｉ様です。やっぱり可愛い……！　表紙を見た瞬間にときめきました。ｙｏｓｈｉ先生のおかげでこのふたりが生まれました。こころよりお礼を申し上げます。担当様、書かせてくださってありがとうございます！　そしてここまで読んでくださった方へ。十年を超える恋物語、少しでも楽しんでいただけたなら嬉しいです。よかったらご感想をお聞かせくださいね。このあとはおまけの小話です。ではまた次の本でお会いしましょう！

春うららなひつじと俺

「わあ……さくらいっぱい……！」

軽やかな春風が桜の樹を揺らし、花びらがいっせいに散る。四月の土曜

あとがき

日、俺はひつじの手を引いて川沿いに咲く桜並木の散策に来ていた。ひつじはずっと上ばかり見ていて楽しそうだ。頭上から降ってくる花びらを受け止めたいのか手を上げている。四歳の春、ひつじにとってはまだまだなにもかもが新鮮なんだろう。その巻き毛を花びらがふわりと飾っていた。

「ねえなぎちゃん、しゃわーみたい」

「だな。ほら、そこに桜が落ちてるぞ」

三頭身のひつじがぴょこんと頭を下げ、路面に落ちた桜をつまみ上げる。

「これ、うえからおちたの？」

「スズメがついばんだんじゃないか。ほら、あそこにもいるし」

枝から枝へスズメたちがさえずりながら飛び移っていた。薄桃色の花弁を大切そうに両手に載せ、ひつじはじっと見つめている。

「さくらって、どうしていちねんにいっかいしかさかないの？」

「どうして、か。どうしてだろうな」

「さいてるじかんもみじかいよね。どうして？」

なぜなぜどうして期のひつじに付き合っているとすぐに一日が終わりそうだが、白い雲がひとつふたつぽかりと青空に浮かんでいるこんなに気持ちいい日はのんびりと話すのも気晴らしになっていい。

「桜は一週間ぐらいしか咲かないんだ。咲いたらすぐに散る」

「もっとさいてたらいいのに……きれいなのに。なつもさいたらいいのに」

「夏はひまわりが咲くだろ」

「じゃあ、あき」

「秋はコスモス」

「ふゆは？　ふゆはおはなあまりないよね」

「冬は準備の時間なんだよ。桜やいろんな花たちが元気に咲くために冬は力を蓄えてるんだ。わかるかこの意味」

「んー……ふゆが、がんばってるってこと？」

「ああ。来年はもっと桜が咲く。その次はもっともっと。そのための冬だ」

「じゃあなぎちゃん、らいねんものつぎも、ずっとそのつぎも、ひつじくんといっしょにさくら、みにこようね」

くるくる右巻きのひつじの甘えた声に、俺は柄にもなく微笑んでいた。

約束だ、ひつじ。ずっと一緒にこの桜を見に来よう。ふわふわひらりと空を舞う桜を。

CROSS NOVELSをお買い上げいただき
ありがとうございます。
この本を読んだご意見・ご感想をお寄せください。
〒110-8625
東京都台東区東上野2-8-7　笠倉出版社
CROSS NOVELS 編集部
「秀 香穂里先生」係／「yoshi先生」係

CROSS NOVELS

純情アクマとひつじくん

著者
秀 香穂里

2019年4月23日　初版発行　検印廃止

発行者　笠倉伸夫
発行所　株式会社　笠倉出版社
〒110-8625　東京都台東区東上野2-8-7　笠倉ビル
[営業]TEL　0120-984-164
FAX　03-4355-1109
[編集]TEL　03-4355-1103
FAX　03-5846-3493
http://www.kasakura.co.jp/
振替口座　00130-9-75686
印刷　株式会社　光邦
装丁　磯部亜希
ISBN　978-4-7730-8976-9
Printed in Japan

CROSS NOVELS